Luigi Pirandello

La signora Morli, una e due
All'uscita
L'imbecille
Cecè

a cura di Roberto Alonge

Arnoldo Mondadori Editore

© 1994 Arnoldo Mondadori Editore S.p.A., Milano

I edizione Oscar Tutte le opere di Pirandello febbraio 1994

ISBN 88-04-37611-2

Questo volume è stato stampato
presso Arnoldo Mondadori Editore S.p.A.
Stabilimento Nuova Stampa - Cles (TN)
Stampato in Italia - Printed in Italy

Introduzione

«La signora Morli, una e due»:
l'ossessione del doppio

Manca un vero e proprio precedente narrativo a *La signora Morli, una e due*, sebbene siano state citate talvolta un paio di novelle: *Stefano Giogli, uno e due*, del 1909, ma essenzialmente per l'analogia del titolo; e *La morta e la viva*, del 1910, incentrata su un uomo che sposa la sorella minore della moglie creduta morta (e che invece, scampata a un naufragio, ritorna al marito ormai doppiamente sposato). *La signora Morli* inverte ovviamente la simmetria, fondata sul destino di una donna alle prese praticamente con due mariti, ma muta fortemente l'impostazione e il clima: nella novella c'è il piacere dell'aneddoto umoristico, nella *pièce* siamo invece in presenza di una vena intensamente malinconica se non propriamente drammatica.

Non è improbabile che Pirandello sia ossessionato in questi anni – fra il 1919 e il 1920 – dai fantasmi del doppio. Nel 1919 compone infatti *Come prima, meglio di prima*, i cui protagonisti sono portatori di caratteristiche profondamente ambigue e speculari: Silvio Gelli è un chirurgo rispettabile, ma è anche, nella vita privata, un erotomane perverso; Fulvia Gelli è una donna perduta che conserva però intatta, nel suo profondo, l'aspirazione a una vita casta, pura, persino sessuofobica. Tra il 1919 e il 1920 compone *Tutto per bene*, dove parimenti i personaggi sono doppi: Manfroni sembra a prima vista un celebre scienziato, un eminente uomo politico, ed è invece un profittatore, un traditore, un plagiario; Lori è creduto da sempre, da tutti, un marito compiacente, un "cornuto contento", ed è invece un uomo retto e onesto. La protagonista di *La signora Morli, una e due*, composto presumibilmente fra l'estate e l'autunno del 1920, non fa che portare avanti questo orizzonte di indagini. Evelina Morli rinchiude in sé due distinte personalità: estroversa, piena di vitalità, disponibile ai piaceri della vita con il marito Ferrante; seria, compassata, molto casalinga con l'amante Lello che è diventato sostanzialmente il suo secondo marito dopo che il primo è fuggito in seguito a un dissesto finanziario. Ella crede che si tratti di due personalità che si sono succedute in lei con gli anni e le diverse esperienze esistenziali, ma il ritorno improvviso del marito ha appunto il compito di far emergere l'antica natura accanto alla nuova, dilacerandola pertanto nella consapevolezza che si può essere appunto *due in una*, per usare il titolo che Pirandello darà alla commedia ripresentandola nel 1926 in una nuova realizzazione del suo Teatro d'Arte.

Il dramma esistenziale non esclude naturalmente un certo sguardo critico portato sulla società borghese entro la quale la protagonista si colloca, come è normale per il Pirandello della prima produzione drammaturgica. Non è infatti irrilevante la cura con cui è disegnato il mondo degli avvocati di grido, soprattutto nel ritratto del socio di Lello, l'avvocato Armelli, che pur avendo i suoi sessant'anni, ha preso per moglie la trentenne «molto ritinta e riccamente abbigliata» signora Lucia, la quale, per parte sua, ha una relazione con il diciottenne Aldo, figlio di primo letto di Evelina. E accanto al lassismo ipocrita di Lucia e di Lello (quest'ultimo infatti fa il probo di professione ma vive *more uxorio* con Evelina, da cui ha avuto una figlia) è ben presente la meschineria gretta e gesuitica della signora Tuzzi, che passa la notte a vegliare la figlia di Evelina e di Lello, in assenza di Evelina, ma non rinuncia ad approfittare della situazione per sottrarle la governante inglese. La

Tuzzi e l'Armelli finiscono poi per muoversi in perfetta sincronia, determinando effetti spesso gustosissimi. Di fronte a questo mondo falso e pettegolo, moralmente equivoco, si leva Evelina, e per un attimo pare affiorare la possibilità dello scontro, del dramma:

EVELINA Ma io sono stata, infine, in compagnia di mio figlio, che non vedevo più da circa due mesi!
SIGNORA ARMELLI (*con uno scatto d'indignazione*) Ah, via...

Rivolgendosi alla signora Tuzzi:

Andiamocene, andiamocene!
SIGNORA TUZZI Sì, ecco, è troppo...
EVELINA Ve ne indignate? Anche tu, Lucia?
SIGNORA ARMELLI (*fremente, contenendosi a stento*) Ma sì, cara! Il figlio...

atto di nausea:

– ah! Avrei almeno il pudore di non nominarlo, ecco!
EVELINA (*con scatto spontaneo, sbalordita*) Tu? Mio figlio? E dici il pudore? Ma Lucia!
SIGNORA ARMELLI (*facendosi torbida*) Che?
EVELINA (*subito, sorridente, calma, arguta*) No, niente cara!

La possibilità dello scontro in realtà è subito svanita. Evelina si sottrae alla battaglia, perché non la vuole, coscientemente. Se il ritratto dell'ambiente sociale può ricordare quello del *Giuoco delle parti* o del *Piacere dell'onestà* o – meglio ancora, tenendo conto dell'atmosfera di opprimente ipocrisia – di *Come prima, meglio di prima*, manca però il personaggio deciso a portare sino in fondo la sua lotta, risoluto a smascherare la società borghese per quello che è (come avveniva invece nei tre testi citati, rispettivamente con Leone Gala, Angelo Baldovino e Fulvia Gelli).

I casi della vita

Il fatto è che – a differenza dei tre personaggi appena ricordati – Evelina è sin dall'inizio profondamente legata a quel mondo, né se ne può staccare. Non per debolezza soggettiva ma per necessità oggettiva: per non perdere la figlia cui dovrebbe fatalmente rinunciare una volta che avesse deciso di rompere con quell'ambiente. Sono "i casi della vita" che hanno legato Evelina a quella società e che impediscono ora – con la loro inframmettenza – l'urto definitivo e drammatico. Pirandello sottolinea in questi termini il primo ingresso di Evelina in scena: «La signora Morli ha circa trentasette anni. È quale i casi della vita e la compagnia d'un uomo malinconico, posato e scrupoloso come Lello Carpani l'hanno ridotta». E anche il marito Ferrante insiste, parlando di se stesso in terza persona, sullo stesso tema: «Pronto ad accettare, ritornando, tutto ciò che la sorte, i casi della vita gli avrebbero fatto trovare». Questa patina malinconica dei «casi della vita» si insinua fra il personaggio e la società, impedendo l'urto violento. Ogni svolgimento è precluso. È ancora lo stesso Ferrante a riconoscerlo, sin dal primo atto: «Perché tu, Eva, hai ora – qua, lui (*indica Lello*) – e di là, tua figlia! – Due fatti, contro cui non potrebbero mai valere le mie ragioni, fossero pure le più giuste e le più vere! – Dunque, basta! – Me ne vado».

L'azione termina così prima ancora di incominciare. Il ritorno di Ferrante non crea un dilemma, una possibilità problematica («Non c'è da far tragedie, come vedete,» dice Ferrante «disposto come sono alla massima condiscendenza. Tuo figlio se ne starà con te, con me, come vorrà»), ma viene semplicemente a suscitare questo ritmo di elegia, a far riemergere per un attimo – soltanto per un attimo – in Evelina il suo antico *io*. Già nella presentazione iniziale della donna l'autore ha avuto cura di segnalare fra le righe «un misurato languore nello sguardo, nella voce, nei sorrisi, di nobile compatimento, ispirato da non si sa quale soave rimpianto lontano». Il senso della commedia è tutto in questo sentimento di rimpianto per quello che fu e che non sarà più, non potrà più essere. L'amore per il marito riaffiora in Evelina con il sapore delle cose che non potranno più essere, con il sapore delle cose impossibili e proibite. Anche il secondo atto – in cui Evelina è a Roma, ospite del marito e del figlio, che ha voluto seguire il padre – è soltanto un'occasione per rinfrescare ricordi che appartengono definitivamente al passato. La presenza del figlio Aldo accanto al padre e alla madre ha appunto lo scopo di permettere questa rievocazione. Le battute nascono come dette a lui, al figlio, per renderlo partecipe di una realtà che non poté essere sua e che ormai non potrà essere nemmeno più di Evelina e di Ferrante. Tutte le battute riportano al passato, evocano modi e maniere del passato:

EVELINA   No, no, basta! basta!
FERRANTE   Lasciamola dire! Diceva così anche prima! E sai in che modo buffo, venendomi avanti con certi occhi da bambina spaventata e scotendo il dito... Come dicevi?
EVELINA   (*ripetendo con grazia fuggevole l'antico modo, quasi bambinesco, ma con aria di volerne subito profittare richiamandosi a un proposito serio*) «Non ci faccio più!» – Ah, ma davvero, sai! Ora basta, ora basta: «non ci faccio più» davvero!

Tutto ha il sapore del passato; i verbi sono quelli dell'imperfetto, i verbi del passato. C'è, sì, un tentativo da parte di Ferrante di far rivivere quel passato, di far coincidere nuovamente il passato con il presente (ed è la suggestiva sequenza di accensione erotica del marito per la moglie) ma è destinato al fallimento. Evelina non apre la porta della propria camera al marito nelle notti in cui ne è ospite. Evelina non può più ritornare con il marito. Gli otto giorni di festa romana, di quella loro «antica festa», restano appunto infilzati a quell'aggettivo, a quell'«antica». Essi possono essere *presente* soltanto come è presente un sogno, un attimo di abbandono presto rifiutato al contatto con la realtà, come riconosce lucidamente il personaggio femminile: «Ah così... per otto giorni... Può sempre, in qualche momento, a una donna non brutta capitare... [...] Che so!... di vedersi guardata da qualcuno con una strana insistenza... e, colta all'improvviso, turbarsene; sentendosi ancora bella, compiacersene... Si può, senza che paja di commettere una colpa, in quell'istante di turbamento o di compiacenza, carezzar col pensiero dentro di sé quel desiderio suscitato; immaginare... così, come in sogno, un'altra vita, un altro amore... Ma poi... basta! La vista delle cose attorno, un minimo richiamo della realtà...».

Nell'accettazione di Evelina di rientrare nella realtà – dopo la parentesi elegiaca di vita e di un amore che fu, che avrebbe potuto continuare a essere e che non può più essere – manca la coscienza della sconfitta; viene meno l'urlo tragico della Beatrice del *Berretto a sonagli*. La sconfitta è qui attenuata e addolcita dal ritmo di una vita «che si riassetta tranquilla su le basi naturali». Dopo la parentesi romana la signora Morli ritorna a Firenze, alla sua parte di saggia moglie di un tranquillo avvocato di grido, di madre affettuosa della figlia più piccola.

Alle colonne d'Ercole del regno della madre

La signora Morli, una e due è però un testo assai più complesso e ricco di quanto si sia soliti ammettere. Esso porta avanti una riflessione particolare in margine a quel grande immaginario pirandelliano che è il tema della donna madre. *La signora Morli, una e due* segue di poco – abbiamo detto – *Come prima, meglio di prima*.

Ritroviamo gli stessi motivi: qualcuno che entra in scena all'improvviso, che viene da lontano, da un passato di tredici-quattordici anni; una madre con due figli e due uomini; una madre divisa fra due uomini e divisa fra due figli. Qualcosa muta tuttavia. In *Come prima, meglio di prima* c'è un percorso d'acquisto: Fulvia arriva sola ed esce portandosi via con sé due figli. Il movimento della signora Morli è opposto: passa da una condizione di plenitudine, con i due figli accanto a lei, a una condizione dimidiata, di madre con la sola figlia di sette anni. Sembra essere messo in discussione un postulato fondamentale dell'ideologia pirandelliana, secondo la quale i figli appartengono unicamente alla madre. Ma è proprio così?

Proviamo a prendere le cose da lontano. Concediamoci una schedatura divagante sull'età dei figli delle madri pirandelliane. La bambina di *La ragione degli altri* parla stentatamente, avrà dunque due-tre anni. Nel *Piacere dell'onestà* c'è un neonato. Nell'*Innesto* addirittura un semplice feto. In *Come prima, meglio di prima* un altro neonato e una ragazza di sedici anni. In *La signora Morli, una e due* una bambina di sette anni e un maschio di diciotto. È del tutto prevalente insomma la *petite enfance*. L'Aldo diciottenne di Evelina Morli è il più vecchio di tutti, ma non a caso è quello che si stacca dalla madre. Due anni in più rispetto alla ragazza di *Come prima, meglio di prima* possono sembrare pochi, ma sono invece decisivi, sono i due anni attraverso i quali passa lo spartiacque fra l'età dei piccoli e l'età degli adulti. In *Tutto per bene* la figlia di Lori, a diciotto anni, va sposa. La conclusione della nostra rapida inchiesta sembra evidente. *La signora Morli, una e due* espone un'articolazione nuova e drammatica della dottrina maternocentrica: esiste un *ciclo della madre*, che gestisce la figliolanza dalla nascita alla stagione adulta. C'è un limite allo strapotere materno. Siamo alle colonne d'Ercole del regno della madre.

Letta da questo angolo visuale, la commedia mostra una possibile chiave interpretativa assolutamente inedita. Il nucleo profondo della storia non è insomma nella dilacerazione della donna collocata fra due uomini o fra due figli che abitano in case separate (e tantomeno nella schizofrenia di una donna scissa fra due diverse personalità). Tutto questo c'è, sì, ma è secondario. Il processo drammatico è altro, è il *distacco del figlio dalla madre*. L'arrivo del marito è per Aldo lo stimolo esterno verso l'emancipazione, verso l'uscita dalla minorità. «Non sono un bambino!» urla Aldo a un certo punto, ed Evelina, «atterrita», grida di rimando: «Come!... Che dici, Aldo?». La didascalia è fondamentale. Evelina è sconvolta dalla protesta del figlio, che le rivela, all'improvviso, che ella, almeno per lui, ha chiuso la sua stagione, che egli non le appartiene più, è uscito per sempre dal dominio della madre per passare in quello del padre. E la riprova della correttezza di questo asse interpretativo è fornita dalla particolare struttura del primo atto, che sembra tutto incentrato sull'evento del clamoroso ritorno del marito e che si conclude invece con un colpo di scena altrettanto sconvolgente ma in fondo marginale, senza agganci e senza sviluppi nell'economia della vicenda. L'amica di famiglia, la signora Armelli, sviene alla notizia che Aldo se ne andrà con il padre lontano, a Roma. Ha qualche ragione, almeno a prima vista, Renucci a dichiarare che non si vedono le conseguenze sull'azione di questo segreto legame fra la Armelli e Aldo. Ma il fatto è che Pirandello è scrittore sempre lucido e attento, che poco concede al caso. Se inserisce un particolare è quasi sempre per un fine preciso, raramente per sbadataggine o per fare "colore". La sorprendente chiusa del primo atto è strettamente funzionale, è un momento della battaglia fra madre e figlio. È la riconferma che Aldo è veramente un adulto, in teoria ma anche in pratica. Si è adulti quando si ha una vita sessuale. Questa storiaccia fra il ragazzo e la «bourgeoise non plus jeunette, fort sourcilleuse en paroles sur l'exactitude conjugale», per dirla con Renucci, è una tappa del percorso di conoscenza della madre Evelina; è la scoperta che il figlio è tanto grande da poter andare a letto con una sua amica, che *il figlio non è più un figlio*, non è più un bambino. L'angoscia si insinua nel chiuso cosmo materno-centrico, anche se Evelina riesce a trovare per il momento un qualche equilibrio, visto che ha ancora una figlia rispetto alla quale la sua funzione non si è ancora compiuta. Non sarà un caso allora l'immagine finale del testo, la madre che abbraccia la bambina, che verifica con terrore come sia cresciuta in soli otto giorni di sua assenza. È l'occhio della madre, e non già quello del padre, che "vede" la figlia crescere. Perché è il terrore che aguzza la vista, il panico di chi sente sfuggire per la seconda e definitiva volta il proprio ruolo materno. La stringe al petto, la dondola pian piano dicendole l'ultima battuta della commedia: «Ma non voglio, non voglio, sai?, che tu mi diventi presto una donnina, piccolina mia, piccolina mia, non voglio, non voglio...».

«All'uscita»: un testo teatrale o un testo narrativo?

Rispetto a *La signora Morli, una e due*, commedia che appartiene alla piena fioritura della creatività drammaturgica pirandelliana, l'atto unico *All'uscita* ci riporta indubbiamente alla zona aurorale della vocazione teatrale del nostro scrittore, quando la spinta verso la scena era ancora fortemente controbilanciata dall'interesse originario per la narrativa. Il 2 maggio 1916, Pirandello così scrive al figlio Stefano del breve testo che ha appena finito di comporre il mese precedente: «Io ho composto un mistero profano in un atto, *All'uscita*, che, a giudizio di San Secondo, segna un apice della mia arte.

Forse lo pubblicherò a conclusione del nuovo volume di novelle *E domani, lunedì...* già spedito al Treves». Abbiamo in questa lettera il sottotitolo («mistero profano») che costantemente accompagnerà la pubblicazione dell'opera, e abbiamo anche l'ambiguità di fondo destinata essa pure a contraddistinguere *All'uscita*, incerto prodotto assimilabile al tempo stesso al versante teatrale o al versante narrativo. Da un lato Pirandello parla di «mistero profano *in un atto*», legittimandone quindi l'iscrizione al genere teatrale degli *atti unici*; ma dall'altro lato ne annuncia immediatamente la possibile pubblicazione in una raccolta di novelle, autorizzandone in questo modo l'assunzione nel registro narrativo. Dopo essere apparso in «Nuova Antologia» il 1 novembre 1916, *All'uscita* sarà effettivamente ripubblicato l'anno successivo là dove, a prima vista, non ci aspetteremmo, e cioè in un volume di novelle, quel volume di Treves, *E domani, lunedì...* già anticipato nella lettera al figlio. È l'unico caso di un testo teatrale che Pirandello incorpora in una edizione di novelle, e giustamente Renucci ha dubitato dell'origine autenticamente teatrale del testo in questione. Per ritrovare una scansione decisamente teatrale bisogna infatti fare un salto di dieci anni, arrivare alla terza stampa di *All'uscita*, al volume di Bemporad delle *Maschere nude* che raccoglie quattro atti unici (*All'uscita, Il dovere del medico, La morsa, L'uomo dal fiore in bocca*). Mentre infatti le differenze fra la redazione di «Nuova Antologia» del 1916 e quella di *E domani, lunedì...* del 1917 sono minime, inerendo a ritocchi formali, generalmente solo lessicali e morfologici, la revisione condotta nel 1926 è non solo quantitativamente più ampia, ma riguarda proprio una più puntuale sensibilità teatrale. Vengono qui introdotte una serie di didascalie che più precisamente indicano un movimento del personaggio, come queste due della Donna Uccisa: «cascando a sedere sulla panca»; «subito portandoselo via con la mano [un filo di sangue sul mento]». Anche se è indubbio che queste didascalie sono per qualche verso già "implicite" nel contesto dialogico delle battute dei personaggi.

Ancora più interessanti, e decisive, queste altre due didascalie, anch'esse mancanti nelle redazioni del 1916 e 1917:

IL FILOSOFO   La aspettate?
L'UOMO GRASSO   Sì, presto. La uccideranno. Ne sono sicuro. Il suo amante la ucciderà, oggi o domani. Forse in questo stesso momento che sto a dirvelo.

Pausa. Guarda davanti a sé con occhi vani. Poi riprende:

Me ne viene la certezza dalla gioia che nei miei ultimi momenti non si curò nemmeno di nascondere [...]. È terribile, terribile quella risata su lo spasimo di chi la sente. Certo egli la ucciderà.

Pausa di sospensione. Sta come in ascolto, con una mano levata e gli occhi fissi nel vuoto.

Forse l'ha già uccisa. Tra poco la vedremo uscire di là. – Eccola! eccola! Oh Dio, vedete? eccola: balla, gira come una trottola. È lei!

Le due didascalie spezzano l'intervento dialogico dell'Uomo grasso, delineando una precisa articolazione di discorso, una più efficace scansione recitativa. In entrambi i casi una pausa di silenzio che interviene a insinuare una atmosfera di attesa, a determinare *suspense*, a sottolineare emozionalmente parole che ipotizzano – tutt'e due le volte – una possibilità omicida. Non si tratta solo di sapienza attorica. Assai suggestiva, in proposito, una proposta critica di Giuditta Isotti Rosowski, proprio a proposito del secondo brano sopra citato: «Nell'ultima battuta non c'è intervallo tra l'affermazione del fatto non ancora avvenuto e la sua manifestazione effettiva, tra il desiderio e il suo realizzarsi, come se si trattasse di un'allucinazione». Diciamo che sono proprio quei silenzi, quelle pause, che permettono all'Uomo grasso di concentrare la sua energia. Come se la forza di volontà, la forza del desiderio, la brama di vendetta dell'Uomo grasso riuscissero a determinare e a produrre la realtà. Le due pause introdotte dalle didascalie – a ben guardare – corrispondono puntualmente a due momenti distinti e capitali: l'assassinio della donna (la prima pausa), e il suo ingresso in scena (la seconda pausa).

Resta il fatto che la primitiva stesura di *All'uscita* testimonia di una indubbia "vocazione antiteatrale", di un rifiuto – forse non lucidissimo ma comunque netto, radicale – delle angustie della "scena naturalistica". Perché la scena della convenzione teatrale ottocentesca (e ancora primonovecentesca) non va al di là di una riproduzione mimetica (e riduttiva) della vita e dell'esistente, segnata fatalmente dal marchio della finzione. Il teatro è, si sa, *il luogo delle morti apparenti*, laddove l'aspirazione più alta della creatività pirandelliana è di offrirci almeno l'alito, il sussurro, della *morte reale*. La tensione utopica punta in Pirandello a individuare uno spazio medianico, a fare delle tavole del palcoscenico il luogo deputato in cui si consuma un'incarnazione dei morti. La "scena spettrale" di *All'uscita* ci conduce risolutamente al di là del salotto, dello spazio chiuso di tanta tradizione teatrale (e anche pirandelliana). Leggiamo la nota introduttiva dell'atto unico nella stesura originaria, mettendo in parentesi quadra quanto viene espunto nella redazione finale del testo:

Un muro, una porta. [Di là, il mondo. Ma] di qua [purtroppo, è terra ancora:] campagna [o colle], all'uscita d'un cimitero.
Su dal muro – grezzo, bianco – s'intravedono, in una trasparenza scolorata d'umido barlume crepuscolare, alti cipressi notturni. I morti, [entrati nel cimitero da altra porta di là,] lasciato il corpo inutile nelle fosse, [di qua] escono con quelle apparenze vane che si diedero in vita.

Le modificazioni introdotte nella redazione finale tolgono un po' della definizione di *spazio altro* (che è poi uno *spazio oltre*, o, per meglio dire, uno *spazio dell'oltre*) che era contenuto appunto nella stesura primitiva. Il doppio bilanciamento «di qua... di là», su cui tutta la didascalia iniziale è innervata («*Di là*, il mondo. Ma *di qua*, purtroppo, è terra ancora [...]. I morti, entrati nel cimitero da altra porta *di là*, [...] *di qua* escono»), e che viene meno nella correzione di dieci anni dopo, esprimeva più pungentemente la contrapposizione fra *l'aldiqua* e *l'aldilà*, fra «il mondo», da un lato, e una dimensione postmortale che non riscontra un paradiso o un inferno, che rinvia, per forza («purtroppo»), ancora alla «terra», ma a una terra che si anima di presenze larvali. La scena teatrale è il campo magico in cui si raccolgono i lemuri della notte (si ricordi il particolare che connota l'ora: «in una trasparenza scolorata d'umido barlume *crepuscolare*, alti cipressi *notturni*»). Per una volta il teatro cessa di raccontare le storie anguste e sempre eguali degli uomini per proporci le angosce e le sofferenze (e le rivincite) dei morti. Sin dalla tavola dei personaggi si oppongono le «apparenze» (L'Uomo grasso, Il Filosofo, La Donna uccisa, il Bambino dalla melagrana) e gli «aspetti della vita» (il Contadino, la Contadina, la Bambina, l'Asino). I morti e i vivi, ma i vivi hanno, tutti insieme, non più di cinque battute, e l'intero dialogo rimase dunque, praticamente, un *dialogo dei morti*. La prima frase della didascalia introduttiva resta determinante: «Un muro, una porta». È la barriera fra lo statuto dei vivi e quello dei morti, è la frontiera che bisogna varcare. Nella tradizione alchimistica c'è sempre una porta di cui il morente deve aprire la serratura. Pirandello è affascinato dalla tematica mortuaria, come confermano i suoi interessi per i fenomeni spiritici e per le teorie teosofiche. Alessandro D'Amico ha sottolineato a giusta ragione la continuità fra spunti narrativi precedenti (delle novelle *Notizie del mondo*, *Colloquii coi per-*

sonaggi, dei capitoli X e XIII del romanzo *Il fu Mattia Pascal*) e questo atto unico. Tutta la prima parte dell'atto risulta costruita sul montaggio di tessere e motivi già precedentemente declinati dall'arte narrativa pirandelliana, mentre invece nuovo e originale appare a D'Amico «il nucleo drammatico che esplode con l'apparizione della Donna uccisa, la quale inaugura nel teatro pirandelliano il tipo della donna-furia».

Una insospettata Donna Vampiro?

La carica aggressiva della protagonista del "mistero profano" fa emergere lo strato profondo di tanta drammaturgia pirandelliana, lo scontro fra l'uomo e la donna, la loro difficoltà di capirsi, lo strazio fatale e irrimediabile della loro lotta sempiterna. Qui però le cose sono, per una volta, più chiare e più limpide: l'uomo e la donna alludono alla condizione astratta dell'Uomo e della Donna, hanno qui davvero le iniziali maiuscole, si chiamano appunto l'Uomo grasso e la Donna uccisa. Questo uso inconsueto di nomi astratti rinvia ovviamente all'Espressionismo, ma, più ancora, proprio al padre storico dell'Espressionismo, a Strindberg, *et pour cause*, visto che è in gioco l'urto violento e spietato fra il maschio e la femmina, pronta quest'ultima a riversare dal marito all'amante «tutto l'odio di ferocissima nemica». La critica ha opportunamente evidenziato l'esasperata icasticità di questo profilo femminile – la sua «tremenda risata» che irrompe, come scrive Pirandello, «da quella sua feroce bocca rossa tra il taglio dei lucidi denti», il seno scoperto e sanguinante, il filo di sangue sul mento –, quasi immagine di Donna Vampiro, fra Wedekind e Strindberg appunto. È indubbiamente un duello mortale. Lei lo chiama «Che buffo assassino» e lui, il marito, la uccide veramente, sia pure non in prima persona, sia pure delegando l'amante (che è soltanto *l'ombra del marito*, come argomenta non a caso l'Uomo grasso).

Tutto ciò non deve però farci dimenticare la radice profondamente pirandelliana di questa protagonista femminile. Che può anche apparire sfrontata e impudica, ma non è affatto figura di donna sensuale, pienamente e totalmente risolvibile nel modello femminile caro a un Wedekind. Una pirandellista francese, la Rosowsky, ha parlato opportunamente, con felice sensibilità femminile, di «frigidità». La donna pirandelliana è spesso inquieta, scontenta, e quindi volubile, un po' civetta. Almeno *una certa donna pirandelliana*. Pensiamo, per limitarci a un solo esempio, a Silia Gala del *Giuoco delle parti*, che proprio questa Donna uccisa sembra anticipare in qualche cadenza. Dice l'Uomo grasso: «Dovete sapere ch'ella non era contenta neanche del suo amante, come non era contenta di nulla, di nessuno. [...] Finché c'ero io, quello era l'amante. Ma ora? Nella libertà, perché uno? e ancora quello, ombra uggiosa d'un corpo che non c'è più? Ne vorrà un altro; più altri, forse». È la stessa insoddisfazione di Silia Gala, continuamente inappagata, del suo amante e di altri possibili amanti. Ricordiamo questo scambio di battute fra la donna e l'amante Guido Venanzi: «GUIDO Per causa tua! Perché tu non sai approfittarti della libertà ch'egli t'ha data – SILIA – di lasciarmi amare da te, o da un altro... di starmene qua, o altrove, libera, liberissima...». Una sostanziale frigidità contrassegna queste donne pirandelliane: qualche volta detta espressamente (come in questa replica di Silia: «[...] questo mio corpo, quando mi dimentico che è di donna, e nossignori, non me ne debbo mai dimenticare, dal modo come tutti mi guardano... come sono fatta... Me ne scordo... chi ci pensa?... guardo... Ed ecco, tutt'a un tratto, certi occhi... Oh Dio! scoppio a ridere, tante volte... Ma già, dico tra me. Davvero, io sono donna, sono donna... [...] Già, perché... piaccio. (*Pausa. Poi*) Resterebbe da vedere quanto in questo poi c'entri anche il mio piacere, d'esser donna, quando non vorrei. [...] Il gusto, d'esser donna, non l'ho provato mai»); il più delle volte solo sussurrata, insinuata velatamente, come si addice alla scrittura sempre molto controllata e *prude* del nostro autore. Una frigidità che è una sorta di punizione (o di autopunizione) per la loro incapacità a essere madri, ad assolvere l'unica vera missione della donna pirandelliana, la maternità appunto. Come risulta evidente da questo brano dell'atto unico:

LA DONNA UCCISA [...] E mi durò fino all'ultimo su la bocca il caldo del suo bacio. Ma forse era sangue.
IL FILOSOFO Sì, ne avete ancora un filo, difatti, sul mento.
LA DONNA UCCISA (*subito portandoselo via con la mano*) Ah, ecco.

Poi:

Era sangue. Lo volevo dire. Perché nessun bacio mai m'ha bruciato. Arrovesciata sul letto, mentre il soffitto bianco della camera mi pareva s'abbassasse su me, e tutto mi s'oscurava, sperai, sperai che quell'ultimo bacio finalmente, oh Dio, mi avesse dato il calore che le mie viscere esasperate hanno sempre, e sempre invano, bramato; e che con quel caldo ora potessi rivivere, guarire. Era il mio sangue. Era questo bruciore inutile del mio sangue, invece.

Silenzio. L'apparenza dell'Uomo grasso tentenna amaramente il capo e poi con aria più cupa e dolorosa lo riappoggia sul bastone, mentre l'apparenza del Filosofo resta intenta e quasi sbigottita a mirar la Donna uccisa, la quale, a un tratto, guardando verso l'uscita del cimitero, ha come un tremito e s'ilara tutta e grida:

LA DONNA UCCISA Oh, guardate, guardate! Guarda anche tu, smuoviti, solleva il mento dal bastone! Guarda chi viene di là, correndo leggero sui rosei piedini!
IL FILOSOFO Un bimbo.
LA DONNA UCCISA Caro! E che regge, che regge tra le manine? Una melagrana? Oh, guardate, una melagrana. Vieni, vieni qua, caro! qua da me, vieni!

La citazione è lunga ma meritevole dell'indugio. Pirandello non poteva dire più chiaramente questo desiderio lancinante di un orgasmo, una volta almeno, sia pure *in limine mortis*. D'altra parte in *All'uscita* le «viscere» della Donna uccisa hanno una centralità rimarchevole. Già prima che la donna compaia in scena siamo informati dal marito del potere demoniaco della sua terribile risata che nasce e cresce appunto nel ventre: «Ma io già gliela sento gorgogliare nelle viscere convulse la tremenda risata, che alla fine proromperà in faccia a lui [...]. Le scatta dalle viscere come una frenetica rabbia di distruzione. È terribile, terribile quella risata». La Donna uccisa è figura femminile profondamente *viscerale*; ha una risata isterica, ma in senso etimologico, in quanto *uterina*. Basta confrontare queste righe con il passaggio di Silia Gala che abbiamo riportato più sopra, in cui racconta anche lei del suo scoppiare a ridere, per renderci conto che queste risate fragorose hanno una intonazione polemica, sarcastica, nei confronti dell'incapacità dei maschi di procurare piacere alle loro donne. Ma non meno suggestivo è il trapasso segreto che si consuma fra gioia della carne e gioia della maternità, l'una e l'altra da sempre mancate. Le «viscere esasperate» sono la sede di un godimento a lungo e inutilmente «bramato», ma sono anche lo spazio riconosciuto di una fecondazione che non c'è mai stata, il luogo geometrico in cui si è sperperata vanamente la ricchezza del ciclo mestruale. La misura prevedibile del dettato pirandelliano occulta a mala pena il nucleo vibrante dell'ossessione della Donna uccisa: «bruciore inutile del mio sangue» sta al posto di *bruciore del mio sangue inutile*, quello mestruale appunto.

A ben vedere l'eccesso di cromatismo vermiglio, il flusso di sangue che inonda il personaggio (sul seno, sul viso...) non riporta tanto alla *silhouette* espressionistica della Donna Vampiro, ma si ribalta piuttosto nella direzione di questa fortissima e prepotente aspirazione alla maternità. La conferma viene puntualmente dal segmento che segue la pausa di silenzio. Il bimbo che compare improvvisamente dà un volto e dà una voce al desiderio di lei, traduce visibilmente ciò che è detto implicitamente nelle parole toccanti della madre impossibile. Ho già ricordato l'affermazione della Rosowsky secondo la quale l'arrivo della Donna uccisa è una «allucinazione» del marito, ma la stessa cosa vale in questa situazione. Il bimbo compare unicamente in funzione della donna, per esaudire il suo anelito di maternità, per esaltare e soddisfare la sua disponibilità a vivere per il figlio, a offrirsi in dedizione assoluta per la di lui felicità. Si spiega così la particolare icona del Bambino dalla melagrana. La Donna uccisa *inventa* il bambino, ma lo inventa *ansioso di mangiarsi la sua melagrana*, perché possa essere lei a compiacerlo (e a compiacere sé stessa). Lo fa mangiare nella sua mano, come per ristabilire un legame fisico, carnale, tipico del legame madre-figlio. Non ha potuto cibarlo attaccandoselo al seno, e lo ciba nella propria mano: «Sì, caro, da' qua: ecco; è dura la buccia: te l'apro io, te la schiccolo io. E tu la mangerai. Tutta, sì. Aspetta. Qua nella mia mano. Oh, vedi? Vedi com'è rossa? [...] Tutta, sì, aspetta. Ecco, mangia questi chicchi intanto. Ah, i tuoi labbruzzi, caro, come mi vellicano la mano!». Ad essere irriverenti, si potrebbe dire che l'unica forma di orgasmo per la donna pirandelliana è sempre questa, nel contatto ardente con il corpo del proprio figlio. Si giustifica peraltro in questo modo anche tutta l'insistenza immaginativa sul seno della Donna uccisa (il seno esibito, mostrato, il seno ferito, che spruzza sangue...). È la logica del contrappasso che agisce in tale tessitura. Viene trafitto il seno perché è un seno che non ha avuto frutto. Il seno versa sangue perché non è stato capace di versare latte. È offerto sfacciatamente agli occhi di tutti perché non ha saputo coltivare la vita nell'ombra discreta dell'intimità materna. Insomma, un seno *prostituito* perché non è stato *santo*, secondo la tipica oscillazione pirandelliana per cui la donna non è mai *donna*, ma è sempre *o prostituta o madonna*.

Nella voglia del bimbo si riconosce la voglia della Donna uccisa. Ed è una scoperta traumatica ma liberatoria: «Era quella melagrana il suo ultimo desiderio», chiosa il Filosofo, e la Donna uccisa confessa la sua *impasse* e il suo dramma: «E io? Il mio desiderio? Ah!»; si copre il volto con le mani e «piange perdutamente». È un pianto catartico. La morte risarcisce la vita. Nella morte si può diventare madre di figli non propri. La Donna uccisa è tutta in questa tensione totalizzante alla maternità. L'unica brama della Donna uccisa è per immagini infantili: dal Bambino dalla melagrana alla Bambina dei due contadini che compaiono alla fine. La Bambina avverte infatti la presenza degli «occhi atroci dell'apparenza della Donna uccisa che *la fissano*» (corsivo nostro), che la cercano con trasporto ineffabile. La Bambina *raddoppia* il Bambino dalla melagrana. Ed è proprio e soltanto la breve felicità che la Donna uccisa riesce ad avere nel suo rapporto con il bimbo a renderla per un attimo più affettuosa con il già tanto odiato marito, a strapparle un'attenzione gentile per lui. Dice infatti, mentre parla al bambino: «Ecco, sì, il resto – tutta a te. Vuoi che ne diamo un chicco, uno, uno solo, a questo pover'uomo che guarda col mento sul bastone?». L'*oltre* pirandelliano si configura come lo spazio del risarcimento, della compensazione e financo del mutamento. Nella morte ci si realizza ed è possibile persino diventare più buoni, crescere nell'umanità e nella comprensione degli altri. La donna si apre al marito, e il marito si apre alla moglie, raggiunge la pienezza dell'essere dinanzi al pianto (di gioia e di dolore) della donna, capisce da ultimo, nel regno dei morti, che la moglie *faceva soffrire* perché *soffriva molto*, era adultera perché non era madre, perché non poteva essere madre.

Tra il politico e l'esistenziale: «L'imbecille»

Di valore assai minore – rispetto al testo *All'uscita* – è l'atto unico *L'imbecille*, tratto dalla novella omonima del 1912. La riscrittura teatrale è di difficile attribuzione cronologica. Non sono emerse sinora indicazioni positive rispetto a una possibile datazione. La prima prova del palcoscenico è al Teatro Quirino di Roma, compagnia di Alfredo Sainati (un attore che aveva lavorato accanto a Ermete Zacconi e che aveva poi messo in piedi una compagnia specializzata nel *Grand Guignol*). La riformulazione teatrale, segue sostanzialmente da vicino la filigrana del racconto, fatta salva una certa *compressione* della sceneggiatura dovuta alle inevitabili esigenze teatrali. Nella novella la vicenda si articolava variamente fra il caffè di provincia, la strada e l'interno della casa del repubblicano Paroni (l'uomo politico di una fittizia Costanova, che è ovviamente Agrigento, il quale ha definito «imbecille» un povero diavolo che si è suicidato: avrebbe dovuto prima andare a uccidergli il rivale politico, il socialista Mazzarini). Nell'atto unico tutto si svolge nella casa del Paroni, che è però anche la sede del giornale di partito. In questo spazio fattosi più ristretto vediamo però muoversi una massa più ampia di personaggi, che vale a caratterizzare in maniera più intensa l'atmosfera "politica" della vicenda. Pirandello mette a fuoco, con il suo solito amaro distacco, le meschinità e le miserie della lotta politica (soprattutto se percepita dall'angolo visuale della sperduta e immobile provincia siciliana), l'inanità delle ridicole battaglie fra repubblicani e socialisti, cioè fra due varianti di un ceto politico e sociale comunque emarginato dal potere, comunque già da sempre *minoranza*.

Una cadenza più pregnante ha anche la riformulazione del dialogo fra il protagonista e il forestiero del caffè della novella, che qui diventa incontro più intensamente umano fra Luca Fazio e un Commesso Viaggiatore (di origine piemontese, solito a vendere carta ai giornaletti di provincia). Dice Luca Fazio nell'atto unico: «E se sapesse che consolazione è per me pensare che lei andrà ancora in giro, chi sa per quanti anni, di paese in paese, offrendo a prezzi di concorrenza la carta della sua cartiera ai giornaletti settimanali di provincia! Pensare che ricapiterà qui, fra dieci anni forse, di sera, come adesso, e rivedrà qua questo divanaccio, ma senza me, e la città di Costanova forse pacificata...». Sentiamo anticipato qui il *pathos* di *L'uomo del fiore in bocca* (che sarà messo in scena quattro mesi dopo, probabilmente scritto dopo *L'imbecille*); ne sentiamo la cadenza profonda, segreta: lo stesso rapporto fuggevole ma autentico, non falso, fra due sconosciuti; la stessa capacità da parte del morituro di pensare a particolari concreti della vita che continua, che *dura*, al di là della propria morte imminente.

Ma *L'uomo dal fiore in bocca* si innalza a un livello di più puro e dissugato scandaglio del dolore umano, di riflessione sui limiti della condizione dell'uomo, che patisce la ferita della malattia e della morte. In *L'imbecille* Pirandello insegue un impasto cromatico più estroverso e caricaturale; contrappone la dolente angoscia dell'uomo prossimo a morire (e quindi, come tale, capace di elevarsi a una visione *cosmica* della realtà) alla cecità insultante dei piccoli mestatori politici che vorrebbero strumentalizzare anche la sofferenza di chi è destinato a morte certa per trionfare nelle povere piccole beghe di partiti. Luca Fazio impone la forza grottesca del contrappasso: finge che Mazzarini lo abbia spedito a uccidere Paroni, così come Paroni avrebbe voluto spedire l'altro suicida a uccidere prima il Mazzarini. Alla fine lo grazia, dopo averlo a lungo minacciato con una pistola, ma solo a condizione che scriva una lettera di totale autodenuncia e autosconfessione. Nei momenti più convinti del testo teatrale ciò che domina è però proprio quel tono solenne, in qualche modo sacrale (e sacrale perché investito ormai dall'aura dell'evento funebre, dal brivido dell'*oltre*) che ritroveremo nell'*Uomo dal fiore in bocca*. Per esempio in questo passaggio: «Ma non t'ammazzo. Né credo d'essere un imbecille, se non t'ammazzo. Ho pietà di te, della tua buffoneria. Ti vedo ormai, se sapessi, da così lontano! E mi sembri piccolo e carino, anche; sì, povero omettino rosso, con quella cravatta lì...». È la metafora ricorrente in Pirandello del *cannocchiale rovesciato* che consente di vedere ormai lontane anche le cose vicine e presenti. La distanza è qui indotta proprio dallo sguardo di chi ha già un piede nell'*oltre*. Luca Fazio cessa di essere l'antagonista pungente, smascheratore della viltà di Paroni, per vivere tutto nella contenuta drammaticità del portavoce di una amara e sofferta *meditatio mortis*.

«Cecè»: soltanto una sciocchezza?

Risale all'apprendistato teatrale pirandelliano l'atto unico *Cecè*, scritto nel luglio del 1913, senza "modello" narrativo di sorta. Pirandello è ormai al suo quarto atto unico, dopo *La morsa*, *Lumie di Sicilia* e *Il dovere del medico*: tutt'e tre messi in scena da Achille Vitti. L'ultimo di questi atti unici, *Il dovere del medico*, era andato in scena a Roma nel giugno del '13, allestito dalla compagnia del Teatro per Tutti, guidato appunto da Lucio D'Ambra e da Achille Vitti. Pirandello compone *Cecè* nel luglio dello stesso anno. Sembrerebbe normale che anche questo quarto atto unico prendesse la via dell'attore, per la rappresentazione. E invece Pirandello lo spedisce a Renato Simoni, direttore del mensile del «Corriere della Sera» intitolato «La Lettura». Scelta inaspettata ma motivata forse da ragioni economiche. Come scrive Alessandro D'Amico, il mensile «avrebbe pagato meglio e più rapidamente del Teatro per Tutti. Il teatro non si configura ancora per Pirandello come una fonte di guadagno». *Cecè* sarà pertanto allestito soltanto due anni dopo, a Roma, il 14 dicembre 1915, al Teatro Orfeo, una vecchia sala di caffè concerto (oggi distrutta) presa in gestione da Ignazio Mascalchi, che mette in scena appunto *Cecè*, impersonando il protagonista. Arturo Falconi, fratello del più noto Armando, è Squatriglia, e Nada è la Visconti Brignone, madre della nostra Lilla Brignone. Nel 1920-21 proprio Armando Falconi riproporrà l'atto unico in una serata di atti unici (con *Ma non lo nominare* di Fraccaroli e *Schiccheri è grande* di Lopez). Una serata che ebbe anche Gramsci come critico teatrale, il quale non mancò di stroncare l'opericciola pirandelliana (come fece peraltro in genere tutta la critica, più disponibile verso il sentimentalismo tardo-goldoniano di Lopez che non al taglio farsesco degli altri due atti unici): «*Cecè*, di Luigi Pirandello, è una sciocchezza semplice senza capo né coda: si descrive a puro titolo di fare il solletico sotto la pianta dei piedi, come avvenga che un *viveur* riesca a non pagare seimila lire a una prostituta».

Il rapido riassunto gramsciano coglie in effetti l'inaspettata originalità dell'atto unico, che fa pensare a un Pirandello attento al *vaudeville*, al teatro parigino del *Boulevard*. Soltanto nelle battute di avvio c'è un accenno che ci riporta al Pirandello che conosciamo, in particolare al romanzo *Uno, nessuno e centomila*, là dove Cecè si mostra consapevole di essere non già *uno* bensì *tanti Cecè*, tanti quante sono le persone che conosce e che hanno, ciascuna di esse, un'immagine diversa di lui. Ma anche questa cadenza più tesa e drammatica è rapidamente spogliata di intensità, come è ovvio in un quadro generale che non affronta dilaceranti analisi della personalità, che si limita a descrivere un universo mondano e frivolo, fatto di affaristi, di donnaioli e di prostitute di alto bordo. Cecè è un superficiale gaudente, per quanto a suo modo simpatico. Nada – come scrive Pirandello nella didascalia iniziale – «ha l'aria d'una gran dama: ma, toccata nel vivo, la perde per cadere o nella sguajataggine o nell'ingenuità». Cecè le ha dato tre cambiali di una cifra complessiva assai elevata (seimila lire del tempo appunto) per entrare nelle sue grazie, ma vorrebbe ora riaverle indietro. L'amico Squatriglia, fingendosi amico del padre di Cecè, dipinge alla donna Cecè come un furfante, le fa credere che quelle cambiali non hanno copertura, non valgono nulla, e se le fa ridare indietro, compensando la donna con una piccola cifra. Giunge a questo punto Cecè che fa credere a Nada che Squatriglia è un suo nemico, un tremendo usuraio, che è riuscito così a carpirle tre cambiali con le quali lo ricatterà. La povera donnina, pentita e commossa, non solo cede a Cecè anche la piccola somma datale da Squatriglia, ma lo ripaga con la sua disponibilità amorosa, come si addice a una prostituta di buon cuore.

Sfugge in parte al *cliché* di una facile comicità il personaggio del commendator Squatriglia, un «pezzo d'omone rude», dice Pirandello, di circa cinquant'anni che «ha un occhio solo, e nessuna traccia dell'altro nel volto, perché, saltatogli per lo scoppio di una mina, se lo fece coprire con un lembo di pelle abrasa da altra parte del corpo». Un tocco sinistro che caratterizza la figura esteriore del personaggio, cui sembra corrispondere forse anche un ambiguo sistema di comportamenti morali. È un uomo d'affari, ricchissimo, che fa l'appaltatore, con lavori edilizi a Palermo e maneggi facilmente intuibili al Ministero romano dei Lavori Pubblici. Le conoscenze mondane di Cecè gli hanno consentito di arrivare facilmente al Ministro in persona, favorendo la conclusione dei suoi *affari*. Ritroviamo lo stesso sguardo satirico che Pirandello getta sul mondo della politica già colto in *L'imbecille*. Qui però il gusto della *pochade* finisce per attenuare la serietà dello spunto contro la corruzione politico-amministrativa. Squatriglia paga, sì, a suo modo, la sua "tangente" a Cecè (dà dei soldi a Nada che poi li rigira a Cecè), ma soprattutto la paga con la divertentissima "finzione" (di un gusto teatrale rinascimentale) grazie alla quale, fingendosi persona diversa da quella che è, riesce a farsi restituire dalla mondana le tre importantissime cambiali.

Cronologia

Riportiamo qui di seguito i dati essenziali della vita e delle opere di Pirandello, utilizzando la *Cronologia della vita e delle opere di Luigi Pirandello* a cura di Mario Costanzo, premessa al primo volume di *Tutti i romanzi*, nella nuova edizione dei «Meridiani» (Mondadori, Milano 1973), nonché la *Cronologia*, più attenta alla realtà teatrale, premessa da Alessandro D'Amico al primo volume delle *Maschere Nude*, nella stessa nuova edizione sopra ricordata (Mondadori, Milano 1986).

1867
Luigi Pirandello nasce il 28 giugno in una villa di campagna presso Girgenti (dal 1927 Agrigento) da Stefano Pirandello, ex garibaldino, dedito alla gestione delle zolfare, e da Caterina Ricci-Gramitto, sorella di un compagno d'armi del padre. Un doppio segno politico-ideologico che influirà su Pirandello, destinato a risentire acutamente le frustrazioni storiche di un personale laico-progressista schiacciato dal trasformismo "gattopardesco" e dalla sostanziale immobilità della Sicilia post-unitaria (il che spiegherà anche l'adesione di Pirandello al fascismo, come sorta cioè di protesta polemica rispetto allo stato di cose presenti).

1870-1879
Riceve in casa l'istruzione elementare. Da una anziana donna di casa apprende invece fiabe e leggende del folklore siciliano che ritroveremo in molte sue opere (l'Angelo Centuno, le Donne della notte, ecc.). Ha una

forte vocazione per gli studi umanistici; scrive a dodici anni una tragedia in cinque atti (perduta) che recita con le sorelle e gli amici nel teatrino di famiglia.

1880-1885
La famiglia si trasferisce da Girgenti a Palermo. Pirandello prosegue la propria educazione letteraria, legge i poeti dell'Ottocento e compone poesie a loro imitazione.

1886-1889
A 19 anni si iscrive alla facoltà di Lettere dell'Università di Palermo ma l'anno dopo si trasferisce all'Università di Roma. L'interesse poetico si è fatto sempre più preciso. Nel 1889 esce a Palermo, presso Pedone Lauriel, la sua prima raccolta di versi, *Mal giocondo*. Continua però anche a scrivere testi teatrali (per lo più perduti o distrutti); ricordiamo almeno qualche titolo: *Gli uccelli dell'alto* del 1886, *Fatti che or son parole* del 1887, *Le popolane* del 1888. È la smentita più eloquente del luogo comune – ancora oggi largamente dominante – secondo cui Pirandello scoprirebbe il teatro solo verso i cinquant'anni. È fuor di dubbio invece che il teatro fu un amore originario e autentico, particolarmente intenso fra i venti e i trent'anni. Semmai sono le delusioni per la mancata messa in scena dei propri lavori che finiscono per allontanare Pirandello dal teatro, rinforzando per reazione la sua vena poetica. Intanto un contrasto insorto con un professore dell'Università romana (che era anche preside della Facoltà) spinge Pirandello a trasferirsi a Bonn nel novembre del 1889.

1890-1891
A Bonn si innamora di una ragazza tedesca, Jenny Schulz-Lander cui dedica la seconda raccolta di poesie, *Pasqua di Gea*, che sarà pubblicata nel 1891. Sempre nel 1891 si laurea in Filologia Romanza discutendo in tedesco una tesi sulla parlata di Girgenti.

1892-1899

Non fa il servizio militare (l'obbligo è assunto dal fratello Innocenzo). Si stabilisce a Roma dove, mantenuto dagli assegni paterni, può soddisfare la propria vena artistica. Luigi Capuana lo introduce negli ambienti letterari e giornalistici romani, sollecitandolo altresì a cimentarsi nella narrativa. Pirandello inizia così a collaborare a giornali e riviste. Si è sposato nel 1894 con Antonietta Portulano, figlia di un socio in affari del padre. Sempre nel '94 esce la prima raccolta di novelle, *Amori senza amore*. Compone ma non pubblica, fra il 1893 e il 1895, i suoi due primi romanzi, *L'esclusa* e *Il turno*. Non rinuncia però ancora del tutto al teatro. Nel '95 lavora a un dramma, *Il nido*, destinato a restare per vent'anni nei cassetti e a subire numerosi cambiamenti di titolo: *Il nibbio*, *Se non così*, *La ragione degli altri*. Intanto la famiglia è cresciuta: nel '95 nasce Stefano, nel '97 Rosalia, detta Lietta, nel '99 Fausto. Comincia a insegnare lingua italiana all'Istituto Superiore di Magistero di Roma.

1900-1904

È un quinquennio assai fertile per la narrativa. Mentre pubblica finalmente *L'esclusa*, nel 1901, e *Il turno*, nel 1902, compone il suo terzo romanzo, *Il fu Mattia Pascal*, pubblicato a puntate su rivista nel 1904. Una lettera del gennaio 1904 dimostra il suo interesse precoce per il cinematografo: medita già infatti un romanzo su questo ambiente (sarà il futuro *Si gira...* che sarà pubblicato nel 1915). Ma il 1903 è per lui un anno tragico: fallisce finanziariamente il padre e nella rovina è dissolta anche la dote della moglie la quale, in questa occasione, patisce il primo trauma che la condurrà a poco a poco alla pazzia. È un nuovo Pirandello che emerge dalla disgrazia: con moglie e tre figli da mantenere, si ingegna di arrotondare il magro stipendio di insegnante con lezioni private e con i quattro soldi per le sue collaborazioni giornalistiche.

1905-1914

È un decennio di passaggio e di trasformazione, ricco di risultati di scrittura, creativa e saggistica. Il relativo successo del *Fu Mattia Pascal* gli apre le porte di una casa editrice importante, quella di Treves. Dal 1909 inizia anche la collaborazione al prestigioso «Corriere della Sera». Nel 1908 pubblica il suo contributo teorico più noto, *L'umorismo*, ma anche il saggio *Illustratori, attori e traduttori* che rivela tutta la diffidenza pirandelliana verso il mondo degli operatori teatrali, verso la realtà concreta, materiale, della scena. Prosegue anche la produzione di romanzi: nel 1909 l'affresco storico *I vecchi e i giovani*, sulle vicende siciliane fra Garibaldi e Fasci Siciliani; nel 1911 *Suo marito* nel quale il teatro ha una certa parte (la protagonista è una scrittrice che compone anche due drammi: uno è il vecchio e mai rappresentato *Se non così*; l'altro sarà il mito *La nuova colonia*). Nel 1910, per incitamento dell'amico Nino Martoglio, commediografo e direttore di teatro siciliano, compone l'atto unico *Lumìe di Sicilia*, ricavato dalla novella omonima. È l'inizio di una ripresa netta di attenzione per il teatro. Scrive essenzialmente atti unici, che cominciano però ad avere la verifica della messinscena.

1915-1920

È la grande esplosione della drammaturgia pirandelliana. Scrive e fa rappresentare in questo periodo *La ragione degli altri*, una serie di testi in siciliano (*Pensaci, Giacomino!*, *Il berretto a sonagli*, *Liolà*, *La giara*), nonché le prime fondamenta della sua produzione "borghese" (*Così è (se vi pare)*, *Il piacere dell'onestà*, *L'innesto*, *Il giuoco delle parti*, *Tutto per bene*, ecc.). Per i lavori dialettali si appoggia al geniale attore siciliano Angelo Musco, ma per i testi in lingua può contare sui più bei nomi del mondo dello spettacolo italiano: Ruggero Ruggeri, che sarà un raffinato interprete pirandelliano, Marco Praga, Virgilio Talli, uno dei padri anticipatori del nuovo teatro di regia. L'intensa attività teatrale corrisponde a una fase fortemente drammatica della biografia pirandelliana: il figlio Stefano, volontario in guerra, è fatto prigioniero dagli austriaci; nel 1919 la moglie è internata in una casa di cura (arrivava ad accusare il marito di passione incestuosa per la figlia Lietta).

1921-1924
Siamo al punto più alto della creatività drammaturgica di Pirandello. Il 9 maggio 1921 i *Sei personaggi in cerca d'autore* cadono rovinosamente al Teatro Valle di Roma, ma si impongono a Milano il 27 settembre dello stesso anno. Due anni dopo, a Parigi, sono allestiti da Georges Pitoëff: è il trampolino di lancio per un successo europeo e mondiale, dei *Sei personaggi* e di Pirandello in generale. Nell'autunno dello stesso '21 compone *Enrico IV*, in scena a Milano il 24 febbraio del '22: un trionfo personale di Ruggero Ruggeri. Nasce anche il "pirandellismo", auspice il filosofo Adriano Tilgher che nel '22 pubblica pagine rimaste memorabili sullo spessore filosofeggiante del pensiero pirandelliano. *Ciascuno a suo modo*, allestito nel '24, prosegue il discorso metateatrale iniziato da Pirandello con i *Sei personaggi*, ma è anche già un modo di riflettere sui complessi problemi che la diffusione del pirandellismo determina a livello di pubblico, di critica, di rapporti autore-attori-spettatori. Il 19 settembre 1924 chiede l'iscrizione al partito fascista con una lettera pubblicata su «L'Impero»: è anche un gesto provocatorio in un momento in cui i contraccolpi del delitto Matteotti sembrano alienare al fascismo alcune simpatie su cui aveva fino a quel momento contato.

1925-1928
Ristampa nel '25 i *Sei personaggi* in una nuova edizione riveduta e ampliata, che tiene conto anche di taluni suggerimenti dello spettacolo di Pitoëff. Pirandello si

apre sempre più alla dimensione pratica, concreta, del mondo della scena. Tra il '25 e il '28 dirige la compagnia del neonato Teatro d'Arte di Roma che inaugura la propria attività il 4 aprile 1925 con l'atto unico *Sagra del Signore della Nave*. Pirandello si fa capocomico, si cala con impegno dentro i problemi della messinscena e della regia (ancora sostanzialmente sconosciuta in Italia). Con il Teatro d'Arte allestisce testi suoi ma anche testi di altri, in Italia e all'estero. Il Teatro d'Arte rivela una nuova attrice, Marta Abba, grande amore tardivo dello scrittore, cui ispira nuovi lavori: *Diana e la Tuda*, *L'amica delle mogli*, *La nuova colonia*, ecc.

1929-1936

Nel marzo del 1929 è chiamato a far parte della Regia Accademia d'Italia. Ha ormai raggiunto una fama internazionale. Alcuni suoi nuovi lavori vedono la prima mondiale all'estero. È il caso di *Questa sera si recita a soggetto*, allestita il 25 gennaio 1930 a Berlino, con la quale Pirandello chiude la trilogia del "teatro nel teatro" iniziata con i *Sei personaggi*. Nello stesso anno la Abba allestisce *Come tu mi vuoi*, da cui verrà tratto un film, girato a Hollywood nel 1932, con Greta Garbo e Erich von Stroheim. Il 20 settembre 1933 va in scena a Buenos Aires *Quando si è qualcuno*; il 19 dicembre 1934 a Praga è la volta di *Non si sa come*. Nello stesso '34 riceve il premio Nobel per la letteratura. Ritorna in questi ultimi anni a scrivere novelle, diradatesi dal '26 in avanti. Sono novelle di un genere nuovo, più attente alla dimensione surreale, alle suggestioni del mondo inconscio. Moltiplica la propria presenza nel mondo del cinema. Cura i dialoghi del film *Il fu Mattia Pascal* di Pierre Chenal, girato a Roma, negli stabilimenti di Cinecittà. Si ammala di polmonite alle ultime riprese e muore a Roma il 10 dicembre 1936.

Catalogo delle opere drammatiche

Riportiamo qui di seguito una sintesi dell'accuratissimo *Catalogo* redatto da Alessandro D'Amico e premesso al secondo volume delle *Maschere Nude*, nella nuova edizione dei «Meridiani», curato dallo stesso D'Amico (Mondadori, Milano 1993). Per i dati relativi alle prime rappresentazioni e alle compagnie teatrali si è fatto ricorso anche a M. Lo Vecchio Musti, *Bibliografia di Pirandello*, Mondadori, Milano 1952^2, pp. 177-185.

Legenda

Titolo: l'asterisco contrassegna i 43 testi compresi nelle «Maschere nude»; la definizione che segue il titolo: fuori parentesi, è tratta dalle stampe; in parentesi tra virgolette, è tratta da fonti manoscritte; in parentesi senza virgolette è una nostra ipotesi.
Fonte: salvo indicazione contraria il titolo si riferisce alle novelle che costituiscono la fonte principale del dramma; tra parentesi l'anno di pubblicazione.
Stesura: la datazione si riferisce sempre alla prima stesura ed è per lo più basata sull'epistolario.
Edizioni: viene indicato l'anno della prima stampa e delle successive edizioni con varianti rispetto alla prima; l'asterisco segnala le edizioni nelle quali la revisione del testo è stata più consistente; non vengono indicate le semplici ristampe.
Note: per «autografo» si intende uno scritto a mano o un dattiloscritto di Pirandello; per «apografo», un manoscritto coevo di mano di copista.

titolo	*fonte*	*stesura*
*L'EPILOGO ("scene drammatiche"; poi intit. LA MORSA, epilogo in un atto)	nel 1897 uscirà una novella, «La paura», sullo stesso soggetto	novembre 1892
*[IL NIDO] ("dramma in quattro atti"; poi intit. IL NIBBIO, SE NON COSÌ, e infine LA RAGIONE DEGLI ALTRI, commedia in tre atti)	«Il nido» (1895)	fine 1895
*LUMIE DI SICILIA commedia in un atto	«Lumie di Sicilia» (1900)	1910 (?)
*IL DOVERE DEL MEDICO un atto	«Il gancio» (1902; poi intit. «Il dovere del medico» 1911)	1911
*CECÉ commedia in un atto		luglio 1913
LUMIE DI SICILIA (versione siciliana)	vedi sopra	maggio 1915

I rappr.	edizioni	note
Roma, 9 dic. 1910 Teatro Metastasio Compagnia del Teatro Minimo diretta da Nino Martoglio	1898.1914*. 1922*	autografo
Milano, 19 apr. 1915 Teatro Manzoni Compagnia Stabile Milanese diretta da Marco Praga (prima attrice Irma Gramatica)	1916.1917*. 1921.1925*. 1935	
Roma, 9 dic. 1910 Vedi sopra *La Morsa*, insieme alla quale andò in scena	1911.1920*. 1926	apografo
Torino, 19 apr. 1912	1912.1926*	
Roma, 14 dic. 1915 Teatro Orfeo Compagnia Ignazio Mascalchi	1913.1926	
Catania, 1 lug. 1915 Arena Pacini Compagnia Angelo Musco	1993	autografo

titolo	fonte	stesura
PENSACI, GIACUMINU! (in siciliano e italiano) commedia in tre atti	«Pensaci, Giacomino!» (1910)	feb.-mar. 1916
*ALL'USCITA mistero profano		aprile 1916
'A BIRRITTA CU 'I CIANCIANEDDI (in siciliano) commedia in due atti	«La verità» (1912) «Certi obblighi» (1912)	agosto 1916
LIOLÀ (in agrigentino) commedia campestre in tre atti	Capitolo IV del romanzo «Il fu Mattia Pascal» (1904); «La mosca» (1904)	ago.-set. 1916
'A GIARRA (in agrigentino) commedia in un atto	«La giara» (1909)	1916 (ottobre?)
*PENSACI, GIACOMINO! (versione italiana)	vedi sopra	gennaio 1917 (circa)
LA MORSA (versione siciliana)	vedi sopra	1917 (febbraio?)

I rappr.	*edizioni*	*note*
Roma, 10 lug. 1916 Teatro Nazionale Compagnia Angelo Musco	1993	apografi
Roma, 28 sett. 1922 Teatro Argentina Compagnia Lamberto Picasso	1916	
Roma, 27 giu. 1917 Teatro Nazionale Compagnia Angelo Musco	1988	autografo
Roma, 4 nov. 1916 Teatro nazionale Compagnia Angelo Musco	1917 (testo siciliano e traduzione italiana)	autografo
Roma, 9 lug. 1917 Teatro Nazionale Compagnia Angelo Musco	1963	autografo
Milano, 11 ott. 1920 Teatro Manzoni Compagnia Ugo Piperno	1917.1918. 1925*.1935	
Roma, 6 set. 1918 Teatro Manzoni Compagnia Giovanni Grasso jr.	1993	apografo

titolo	fonte	stesura
*COSÌ È (SE VI PARE) parabola in tre atti	«La signora Frola e il signor Ponza, suo genero» (1917)	mar.-apr. 1917
*IL PIACERE DELL'ONESTÀ commedia in tre atti	«Tirocinio» (1905)	apr.-mag. 1917
*L'INNESTO commedia in tre atti		ott-dic. 1917
LA PATENTE (in siciliano e italiano) commedia in un atto	«La patente» (1911)	(1917? dicembre?)
*LA PATENTE (versione italiana)	vedi sopra	dic. 1917-gen. 1918
*MA NON È UNA COSA SERIA commedia in tre atti	«La signora Speranza» (1902) «Non è una cosa seria» (1910)	ago. (?) 1917-feb. 1918
*IL BERRETTO A SONAGLI (versione italiana)	vedi sopra	estate 1918

I rappr.	*edizioni*	*note*
Milano, 18 giu. 1917 Teatro Olympia Compagnia Virgilio Talli	1918.1918. 1925*.1935	
Torino, 27 nov. 1917 Teatro Carignano Compagnia Ruggero Ruggeri	1918.1918. 1925*.1935	
Milano, 29 gen. 1919 Teatro Manzoni Compagnia Virgilio Talli	1919.1921*. 1925.1936	autografo
Torino, 23 mar. 1918 Teatro Alfieri Compagnia Angelo Musco	1986	autografo
	1918.1920*. 1926	
Livorno, 22 nov. 1918 Teatro Rossini Compagnia Emma Gramatica	1919.1925	
Roma, 15 dic. 1923 Teatro Morgana Compagnia Gastone Monaldi	1918.1920*. 1925*	

titolo	fonte	stesura
*IL GIUOCO DELLE PARTI in tre atti	«Quando s'è capito il giuoco» (1913)	lug.-set. 1918
*L'UOMO, LA BESTIA E LA VIRTÙ apologo in tre atti	«Richiamo all'obbligo» (1906)	gen.-feb. 1919
*COME PRIMA, MEGLIO DI PRIMA commedia in tre atti	«La veglia» (1904)	1919 (ottobre?)
*TUTTO PER BENE commedia in tre atti	«Tutto per bene» (1906)	1919-1920
*LA SIGNORA MORLI, UNA E DUE (anche DUE IN UNA) commedia in tre atti	«Stefano Giogli, uno e due» (1909) «La morta e la viva» (1910)	1920 (est.-aut.?)

I rappr.	edizioni	note
Roma, 6 dic. 1918 Teatro Quirino Compagnia Ruggero Ruggeri (prima attrice Vera Vergani)	1919.1919*. 1925.1935	
Milano, 2 mag. 1919 Teatro Olympia Compagnia Antonio Gandusio	1919.1922*. 1935*	
Napoli, 14 feb. 1920	1921.1935	
Roma, 2 mar. 1920 Teatro Quirino Compagnia Ruggero Ruggeri	1920.1935	
Roma, 12 nov. 1920 Teatro Argentina Compagnia Emma Gramatica	1922.1936	

titolo	fonte	stesura
*SEI PERSONAGGI IN CERCA D'AUTORE commedia da fare	«Personaggi» (1906) «La tragedia di un personaggio» (1911) «Colloqui coi personaggi» (1915)	ott. 1920-gen. (?) 1921
*ENRICO IV tragedia in tre atti		sett.-nov. 1921
*VESTIRE GLI IGNUDI commedia in tre atti		apr.-mag. 1922
*L'IMBECILLE commedia in un atto	«L'imbecille» (1912)	?
*L'UOMO DAL FIORE IN BOCCA dialogo	«Caffè notturno» (1918, poi intit. «La morte addosso» 1923)	?

I rappr.	*edizioni*	*note*
Roma, 9 mag. 1921 Teatro Valle Compagnia Dario Niccodemi (interpreti Luigi Almirante e Vera Vergani)	1921.1923*. 1925*.1927. 1935	
Milano, 24 feb. 1922 Teatro Manzoni Compagnia Ruggero Ruggeri e Virgilio Talli	1922.1926*. 1933	autografi prime stesure
Roma, 14 nov. 1922 Teatro Quirino Compagnia Maria Melato	1923.1935	autografo
Roma, 10 ott. 1922 Teatro Quirino Compagnia Alfredo Sainati	1926.1935	autografo
Roma, 21 febbraio 1923 Teatro degli Indipendenti Compagnia degli Indipendenti diretta da Anton Giulio Bragaglia	1926.1935	

titolo	fonte	stesura
*LA VITA CHE TI DIEDI tragedia in tre atti	«La camera in attesa» (1916) «I pensionati della memoria» (1914)	gen.-feb. 1923
*CIASCUNO A SUO MODO commedia in due o tre atti con intermezzi corali	da un episodio del rom. «Si gira...» (1915)	1923 (apr.-mag.?)
*L'ALTRO FIGLIO commedia in un atto	«L'altro figlio» (1905)	?
*SAGRA DEL SIGNORE DELLA NAVE commedia in un atto	«Il Signore della Nave» (1916)	estate 1924
*LA GIARA (versione italiana)	vedi sopra	1925?
*DIANA E LA TUDA tragedia in tre atti		ott. 1925-ago. 1926

I rappr.	*edizioni*	*note*
Roma, 12 ott. 1923 Teatro Quirino Compagnia Alda Borelli	1924.1933	
Milano, 23 mag. 1924 Teatro dei Filodrammatici Compagnia Dario Niccodemi (interpreti Luigi Cimara e Vera Vergani)	1924.1933*	
Roma, 23 nov. 1923 Teatro Nazionale Compagnia Raffaello e Garibalda Niccòli	1925	
Roma, 2 apr. 1925 Teatro Odescalchi Compagnia Teatro d'Arte diretta da Luigi Pirandello	1924.1925	
Roma, 30 mar. 1925 Teatro Valle Compagnia Drammatica Italiana diretta da Luigi Almirante	1925	
Milano, 14 gen. 1927 Teatro Eden Compagnia Teatro d'Arte diretta da Luigi Pirandello (prima attrice Marta Abba)	1927.1933	(I rappr. assoluta: «Diana und die Tuda», Zurigo, 20 nov. 1926)

titolo	fonte	stesura
*L'AMICA DELLE MOGLI commedia in tre atti	«L'amica delle mogli» (1894)	ago. 1926
*BELLAVITA un atto	«L'ombra del rimorso» (1914)	1926 (ante 17 ott.)
*LIOLÀ (versione italiana)	vedi sopra	1927?
*LA NUOVA COLONIA mito - prologo e tre atti	trama nel romanzo «Suo marito» (1911)	mag. 1926-giu. 1928
*LAZZARO mito in tre atti		1928 (feb.-apr.?)

LVII

I rappr.	edizioni	note
Roma, 28 apr. 1927 Teatro Argentina Compagnia Teatro d'Arte diretta da Luigi Pirandello (interpreti Marta Abba e Lamberto Picasso)	1927.1936	
Milano, 27 maggio 1927 Teatro Eden Compagnia Almirante- Rissone-Tofano	1928.1933	autografo
Roma, 12 nov. 1929 Teatro Orfeo Compagnia Ignazio Ma- scalchi (primo attore Carlo Lombardi)	1928.1937*	
Roma, 24 mar. 1928 Teatro Argentina Compagnia Teatro d'Arte diretta da Luigi Pirandello (interpreti Marta Abba e Lamberto Picasso)	1928	
Torino, 7 dic. 1929 Teatro di Torino Compagnia Marta Abba (I rappr. assoluta in in- glese: Huddersfield, 9 lug. 1929)	1929	

titolo	fonte	stesura
*SOGNO (MA FORSE NO)		dic. 1928-gen. 1929
*QUESTA SERA SI RECITA A SOGGETTO	«Leonora addio!» (1910)	fine 1928-inizio 1929
*O DI UNO O DI NESSUNO commedia in tre atti	«O di uno o di nessuno» (1912 e 1925)	apr.-mag. 1929
*COME TU MI VUOI (tre atti)		lug.-ott. 1929
*LA FAVOLA DEL FIGLIO CAMBIATO tre atti in cinque quadri musica di Gian Francesco Malipiero	«Il figlio cambiato» (1902)	prim. 1930-mar.-giu. 1932

I rappr.	*edizioni*	*note*
Genova, 10 dic. 1937 Giardino d'Italia Filodrammatica del Gruppo Universitario di Genova (I rappr. assoluta: «Sonho (mas talvez nâo)», Lisbona, 22 set. 1931)	1929	
Torino, 14 apr. 1930 Teatro di Torino Compagnia Guido Salvini (I rappr. assoluta: «Heute Abend wird aus dem Stegreif gespielt», Königsberg, 25 gen. 1930)	1930.1933*	
Torino, 4 nov. 1929 Teatro di Torino Compagnia Almirante-Rissone-Tofano	1929	
Milano, 18 feb. 1930 Teatro dei Filodrammatici Compagnia Marta Abba	1930.1935	
Roma, 24 mar. 1934 Teatro Reale dell'Opera Musica di Gian Francesco Malipiero Direttore d'orchestra Gino Marinuzzi (I rappr. assoluta: «Die Legende von verstauschten Sohn», Braunschweig, 13 gen. 1934)	1933.1938*	

titolo	fonte	stesura
*I FANTASMI (prima e seconda parte del "mito" I GIGANTI DELLA MONTAGNA)		apr. 1930-mar. 1931
*TROVARSI tre atti		lug.-ago. 1932
*QUANDO SI È QUALCUNO rappresentazione in tre atti		set.-ott. 1932
*I GIGANTI DELLA MONTAGNA ("secondo atto", corrispondente alla terza parte)	«Lo stormo e l'Angelo Centuno» (1910)	estate 1933
*NON SI SA COME dramma in tre atti	«Nel gorgo» (1913) «Cinci» (1932) «La realtà del sogno» (1914)	lug.-set. 1934

I rappr.	edizioni	note
Firenze, 5 giu. 1937 Giardino di Boboli Complesso diretto da Renato Simoni (interpreti Andreina Pagnani e Memo Benassi)	1931.1933	autografo
Napoli, 4 nov. 1932 Teatro dei Fiorentini Compagnia Marta Abba	1932	
San Remo, 7 nov. 1933 Teatro del Casino Municipale Compagnia Marta Abba (I rappr. assoluta: «Cuando se es alguien», Buenos Aires, 20 set. 1933)	1933	
Firenze, 5 giugno 1937 vedi sopra *I fantasmi*	1934	il terzo e ultimo atto (o quarta parte) non fu mai scritto
Roma, 13 dic. 1935 Teatro Argentina Compagnia Ruggero Ruggeri (I rappr. assoluta: «Člověk ani neví jak» Praga, 19 dic. 1934)	1935	

Bibliografia

Opere di Pirandello

Tutte le opere di Pirandello sono ristampate nei «Classici Contemporanei Italiani» di Mondadori (due volumi di *Maschere Nude*, due di *Novelle per un anno*, uno di *Tutti i romanzi* e uno di *Saggi, poesie, scritti varii*). È attualmente in corso di pubblicazione nella collezione «I Meridiani», di Mondadori, una riedizione integrale di tutto il *corpus* pirandelliano, su basi filologiche più attente e rigorose, diretta da Giovanni Macchia. Per il momento sono usciti:

– *Tutti i romanzi*, due volumi, a cura di Giovanni Macchia con la collaborazione di Mario Costanzo, Introduzione di Giovanni Macchia, Cronologia, Note ai testi e varianti a cura di Mario Costanzo (1973);

– *Novelle per un anno*, tre volumi, ciascuno in due tomi, a cura di Mario Costanzo, Premessa di Giovanni Macchia, Cronologia, Note ai testi e varianti a cura di Mario Costanzo (1985; 1987; 1990);

– *Maschere Nude*, due volumi, a cura di Alessandro D'Amico, Premessa di Giovanni Macchia, Cronologie 1875-1917 e 1918-22, Catalogo delle opere drammatiche, Note ai testi e varianti a cura di Alessandro D'Amico (1986; 1993).

Preziose le *Notices* dedicate ai singoli testi della traduzione in francese di Pirandello, *Théâtre complet*, Gallimard, Paris 1977-1985 (primo volume a cura di Paul Renucci, secondo volume a cura di André Bouissy).

Dell'ampio epistolario pirandelliano ci limitiamo a ricordare quanto è uscito in volume:

- Pirandello-Martoglio, *Carteggio inedito*, commento e note di Sarah Zappulla Muscarà, Pan, Milano 1979.
- Luigi Pirandello, *Carteggi inediti con Ojetti - Albertini - Orvieto - Novaro - De Gubernatis - De Filippo*, a cura di Sarah Zappulla Muscarà, Bulzoni, Roma 1980.
- Luigi Pirandello, *Lettere da Bonn (1889-1891)*, introduzione e note di Elio Providenti, Bulzoni, Roma 1984.
- Luigi Pirandello, *Epistolario familiare giovanile (1886-1898)*, a cura di Elio Providenti, Le Monnier, Firenze 1986.

Studi biografici e bibliografici

Federico Vittore Nardelli, *L'uomo segreto. Vita e croci di Luigi Pirandello*, Mondadori, Verona 1932 (ristampato con il titolo *Pirandello. L'uomo segreto*, a cura e con prefazione di Marta Abba, Bompiani, Milano 1986).

Manlio Lo Vecchio Musti, *Bibliografia di Pirandello*, Mondadori, Milano 1937, 1952².

Gaspare Giudice, *Luigi Pirandello*, Utet, Torino 1963.

Franz Rauhut, *Der junge Pirandello*, Beck, München 1964 (cronologia alle pp. 443-482).

Alfredo Barbina, *Bibliografia della critica pirandelliana, 1889-1961*, Le Monnier, Firenze 1967.

Fabio Battistini, *Giunte alla bibliografia di Luigi Pirandello*, in «L'osservatore politico letterario», Milano, dicembre 1975, pp. 43-58.

Enzo Lauretta, *Luigi Pirandello*, Mursia, Milano 1980.

Corrado Donati, *Bibliografia della critica pirandelliana 1962-1981*, La Ginestra, Firenze 1986.

Studi critici

Adriano Tilgher, *Studi sul teatro contemporaneo*, Libreria di Scienze e Lettere, Roma 1922.
Piero Gobetti, *Opera critica*, vol. II, Edizioni del Baretti, Torino 1927.
Benedetto Croce, *Luigi Pirandello*, in *Letteratura della Nuova Italia*, vol. VI, Laterza, Bari 1940.
Antonio Gramsci, *Letteratura e vita nazionale*, Einaudi, Torino 1950.
Leonardo Sciascia, *Pirandello e il pirandellismo*, Sciascia, Caltanissetta 1953.
Giacomo Debenedetti, *«Una giornata» di Pirandello*, in *Saggi critici*, Mondadori, Milano 1955.
Carlo Salinari, *Miti e coscienza del decadentismo italiano*, Feltrinelli, Milano 1960.
Leonardo Sciascia, *Pirandello e la Sicilia*, Sciascia, Caltanissetta-Roma 1961.
Arcangelo Leone de Castris, *Storia di Pirandello*, Laterza, Bari 1962.
Gösta Andersson, *Arte e teoria. Studi sulla poetica del giovane Luigi Pirandello*, Almqvist & Wiksell, Stockholm 1966.
Lucio Lugnani, *Pirandello, Letteratura e teatro*, La Nuova Italia, Firenze 1970.
Claudio Vicentini, *L'estetica di Pirandello*, Mursia, Milano 1970.
Gianfranco Venè, *Pirandello fascista*, Sugar, Milano 1971.
Giacomo Debenedetti, *Il romanzo del Novecento*, Garzanti, Milano 1971.
Jean-Michel Gardair, *Pirandello. Fantasmes et logique du double*, Larousse, Paris 1972 (tr. it. *Pirandello e il suo doppio*, Abete, Roma 1977).
Roberto Alonge, *Pirandello tra realismo e mistificazione*, Guida, Napoli 1972.

Renato Barilli, *La linea Svevo-Pirandello*, Mursia, Milano 1972.

Silvana Monti, *Pirandello*, Palumbo, Palermo 1974.

Pietro Mazzamuto, *L'arrovello dell'arcolaio. Studi su Pirandello agrigentino e dialettale*, Flaccovio, Palermo 1974.

Alberto Cesare Alberti, *Il teatro nel fascismo – Pirandello e Bragaglia*, Bulzoni, Roma 1974.

Robert Dombroski, *La totalità dell'artificio. Ideologia e forme nel romanzo di Pirandello*, Liviana, Padova 1978.

Roberto Alonge - Roberto Tessari, *Immagini del teatro contemporaneo*, Guida, Napoli 1978.

Roberto Alonge, *Subalternità e masochismo della donna nell'ultimo teatro pirandelliano*, in *Struttura e ideologia nel teatro italiano fra '500 e '900*, Stampatori Università, Torino 1978.

AA.VV., *Lectures pirandelliennes*, Université de Paris VIII, Parigi 1978 (saggi di A. Bouissy, D. Budor, G. Rosowsky, J. Spizzo e altri).

Paolo Puppa, *Fantasmi contro giganti. Scena e immaginario in Pirandello*, Pàtron, Bologna 1978.

Roberto Alonge, *Missiroli: "I giganti della montagna" di Luigi Pirandello*, Multimmagini, Torino 1980.

Paolo Puppa, *Il salotto di notte. La messinscena di "Così è (se vi pare)" di Massimo Castri*, Multimmagini, Torino 1980.

Alfredo Barbina, *La biblioteca di Luigi Pirandello*, Bulzoni, Roma 1980.

Giovanni Macchia, *Pirandello o la stanza della tortura*, Mondadori, Milano 1981.

Massimo Castri, *Pirandello Ottanta*, Ubulibri, Milano 1981.

Jean Spizzo, *Pirandello: dissolution et genèse de la représentation théâtrale. Essai d'interprétation psychanalytique de la dramaturgie pirandellienne*, volumi due (thèse d'état, Paris VIII, 1982).

Elio Gioanola, *Pirandello la follia*, Il melangolo, Genova 1983.

Sarah Zappulla Muscarà, *Pirandello in guanti gialli*, Sciascia, Caltanissetta-Roma 1983.

Guido Davico Bonino (a cura di), *La "prima" dei «Sei personaggi in cerca d'autore». Scritti di Luigi Pirandello, testimonianze, cronache teatrali*, Tirrenia Stampatori, Torino 1983.

Nino Borsellino, *Ritratto di Pirandello*, Laterza, Bari 1983.

Roberto Alonge-André Bouissy-Lido Gedda-Jean Spizzo, *Studi pirandelliani. Dal testo al sottotesto*, Pitagora, Bologna 1986.

Giovanni Cappello, *Quando Pirandello cambia titolo: occasionalità o strategia?*, Mursia, Milano 1986.

Lucio Lugnani, *L'infanzia felice e altri saggi su Pirandello*, Liguori, Napoli 1986.

Renato Barilli, *Pirandello. Una rivoluzione culturale*, Mursia, Milano 1986.

Sarah e Enzo Zappulla, *Pirandello e il teatro siciliano*, Maimone, Catania 1986.

Michele Cometa, *Il teatro di Pirandello in Germania*, Novecento, Palermo 1986.

Alessandro D'Amico-Alessandro Tinterri, *Pirandello capocomico. La compagnia del Teatro d'Arte di Roma, 1925-1928*, Sellerio, Palermo 1987.

Giuseppina Romano Rochira, *Pirandello capocomico e regista nelle testimonianze e nella critica*, Adriatica, Bari 1987.

Paolo Puppa, *Dalle parti di Pirandello*, Bulzoni, Roma 1987.

Sarah Zappulla Muscarà, *Odissea di maschere. "'A birritta cu i 'ciancianeddi" di Luigi Pirandello*, Maimone, Catania 1988.

Umberto Artioli, *L'officina segreta di Pirandello*, Laterza, Bari 1989.

Franca Angelini, *Serafino e la tigre. Pirandello tra scrittura, teatro e cinema*, Marsilio, Venezia 1990.

Pietro Frassica, *A Marta Abba per non morire. Sull'epistolario inedito tra Pirandello e la sua attrice*, Mursia, Milano 1991.

AA.VV., *Pirandello fra penombre e porte socchiuse. La tradizione scenica del "Giuoco delle parti"*, Rosenberg & Sellier, Torino 1991 (saggi di R. Alonge, P. Puppa, L. Gedda, B. Navello e altri).

Franca Angelini, *Il punto su Pirandello*, Laterza, Bari 1992.

Atti di convegni

Teatro di Pirandello, Centro Nazionale Studi Alfieriani, Asti 1967.

Atti del congresso internazionale di studi pirandelliani, Le Monnier, Firenze 1967.

I miti di Pirandello, Palumbo, Palermo 1975.

Il romanzo di Pirandello, Palumbo, Palermo 1976.

Il teatro nel teatro di Pirandello, Centro Nazionale Studi Pirandelliani, Agrigento 1977.

Pirandello e il cinema, Centro Nazionale Studi Pirandelliani, Agrigento 1978.

Gli atti unici di Pirandello, Centro Nazionale Studi Pirandelliani, Agrigento 1978.

Le novelle di Pirandello, Centro Nazionale Studi Pirandelliani, Agrigento 1980.

Pirandello poeta, Vallecchi, Firenze 1981.

Pirandello saggista, Palumbo, Palermo 1982.

Pirandello e il teatro del suo tempo, Centro Nazionale Studi Pirandelliani, Agrigento 1983.

Pirandello dialettale, Palumbo, Palermo 1983.

Pirandello e la cultura del suo tempo, Mursia, Milano 1984.

Pirandello e la drammaturgia tra le due guerre, Centro Nazionale Studi Pirandelliani, Agrigento 1985.

Teatro: teorie e prassi, La Nuova Italia Scientifica, Firenze 1986.

Testo e messa in scena in Pirandello, La Nuova Italia Scientifica, Firenze 1986.
Pirandello 1986, Bulzoni, Roma 1987.

Studi specifici su «La signora Morli, una e due», «All'uscita», «L'imbecille», «Cecè»

Su *La signora Morli, una e due* si vedano in particolare:

Jean-Michel Gardair, *Pirandello e il suo doppio*, cit., pp. 120-122.

Paul Renucci, *Notice*, in Pirandello, *Théâtre complet*, cit., vol. I, pp. 1325-1331.

Alessandro D'Amico-Alessandro Tinterri, *Pirandello capocomico. La Compagnia del Teatro d'Arte di Roma 1925-1928*, cit., pp. 180-182 (sull'allestimento del Teatro d'Arte).

Su *All'uscita* si vedano in particolare:

Paul Renucci, *Notice*, in Pirandello, *Théâtre complet*, cit., vol. I, pp. 1230-1236.

Giuditta Isotti Rosowsky, *Atti unici o epiloghi?*, in AA.VV., *Gli atti unici di Pirandello (tra narrativa e teatro)*, cit., pp. 359-361.

Roberto Alonge, *Lo spazio scenico (o il teatro della morte)*, in AA.VV., *Teatro: teoria e prassi*, cit., pp. 125-133.

Su *L'imbecille* si vedano in particolare:

Paul Renucci, *Notice*, in Pirandello, *Théâtre complet*, cit., vol. I, pp. 1393-1398.

Federico Doglio, *Il grottesco e il paradosso: «La patente», «L'imbecille», «Bellavita»*, in AA.VV., *Gli atti unici di Pirandello (tra narrativa e teatro)*, cit., pp. 64-68.

Antonio Alessio, *Realtà e significato politico ne «L'imbe-*

cille», in «Rivista di studi pirandelliani», 2, gennaio-aprile 1979, pp. 61-67.

Su *Cecè* si veda in particolare:

Paul Renucci, *Notice*, in Pirandello, *Théâtre complet*, cit., vol. I, pp. 1198-1200.

LA SIGNORA MORLI, UNA E DUE

commedia in tre atti

PERSONAGGI

Evelina Morli
Ferrante Morli, *suo marito*
Lello Carpani, *avvocato*
Aldo Morli, *figlio di Evelina e di Ferrante*
Titti Carpani, *figlia di Evelina e di Lello*
Decio, *amico di Aldo*
L'Avvocato Giorgio Armelli, *socio del Carpani*
Lucia Armelli, *sua moglie*
La Signora Tuzzi, *amica di Evelina*
Lisa, *vecchia cameriera*
Ferdinando, *cameriere*
Toto
Una giovane
La signora vedova
Una vecchia zia
La nipote
Miss Write

Il primo e il terzo atto si svolgono a Firenze, il secondo a Roma
Oggi

ATTO PRIMO

Scena

Ricco salotto in casa dell'avvocato Carpani. La comune è nella parete di fondo, verso sinistra. Due usci laterali. Quello a destra dà nello studio del Carpani.

Al levarsi della tela, la scena è vuota. Entrano dalla comune Lisa, vecchia domestica con la cuffia e gli occhiali, stupida e pedante, e Ferrante Morli, bell'uomo, forte, sui quarantacinque anni, sbarbato, con folti e ricci capelli, già tutti grigi, vestito con eleganza un po' abbondante, all'americana. È in preda a una viva ansietà, ma si sforza di dominarla. Questo sforzo lo fa apparire più d'un po' strano e distratto.

LISA (*dando passo sulla soglia a Ferrante*)   Ecco: entri qua. Chi debbo annunziare?
FERRANTE   Ah, sì... Pedretti, l'ingegner Pedretti. Sono tutti in casa?
LISA   Dice anche la signora?
FERRANTE (*con foga*)   La signora, già!

Contenendosi:

Anche... anche la signora.
LISA   Sissignore. Credo che sia in casa. Ma lei, scusi, con chi vuol parlare propriamente?
FERRANTE (*in fretta*)   Con l'avvocato, con l'avvocato.
LISA   Va bene. S'accomodi. Vado ad annunziarla. – Ha detto, mi pare...?
FERRANTE   Che cosa? – Niente.
LISA   No. Il nome, scusi. L'ingegnere, come ha detto?

FERRANTE (*senz'imbarazzo, cercando di ricordare*) Ah, Pe... Pedretti mi pare d'aver detto.
LISA (*lo guarda stupita, come se domandasse: «Ma come! Non ne è sicuro?»*)
FERRANTE (*notando lo stupore, con stizza*) Non si confonda, per carità! Sono un po' distratto.
LISA Ingegnere?
FERRANTE (*sbuffando*) Dio mio, l'avvocato non mi conosce!

Poi, di scatto, come per darle una lezione:

Lei, scusi, come si chiama?
LISA Io? Lisa.
FERRANTE E che vuole che importi a me che non la conosco, che lei si chiami Lisa, o che si chiami, poniamo, Beatrice? – Dica che c'è un signore che vuol parlargli, e basta così!
LISA Eh, lo so; ma è che il signor avvocato mi rimprovera quando non so ripetergli con precisione i nomi dei signori clienti. – Pedretti... l'ingegner Pedretti...

Così dicendo quasi tra sé, s'avvia verso l'uscio a destra; fa per picchiare con le nocche delle dita, ma se ne trattiene, perché dall'uscio a sinistra irrompono, gridando e ridendo, Aldo e Decio, entrambi sui diciott'anni, elegantissimi; in maniche di camicia, con le racchette in mano.

ALDO (*tenendo in una mano dietro la schiena una palla di tennis, che Decio vorrebbe strappargli*) No, no! Non te la do! non te la do!
DECIO Ma tocca a me ora, scusa!
ALDO No! Tu non l'hai ripresa! Non te la do!
DECIO Sfido, me l'hai buttata male! Dammela! dammela!
LISA (*che s'è turata le orecchie allo schiamazzo, alzando ora*

le braccia e facendosi avanti) Per favore, non mi fanno sentire se il signor avvocato risponde!
FERRANTE (*non riuscendo più a dominarsi fin dall'irruzione dei due giovanotti, facendosi avanti anche lui e dicendo quasi a se stesso, sospeso e sorridente, con gli occhi ora all'uno ora all'altro*) Vorrei indovinare... vorrei indovinare...
DECIO (*con sorpresa, scorgendo ora soltanto il visitatore, rivolgendosi ad Aldo*) Oh! E chi è il signore?
FERRANTE (*c. s.*) Vorrei indovinare...
ALDO (*stordito*) Che cosa?

Lisa approfitta di questa pausa per picchiare all'uscio a destra. Poco dopo lo aprirà e andrà via, richiudendolo.

FERRANTE (*ponendosi davanti l'uno e l'altro giovanotto e seguitando a guardarli con ansietà sempre più viva e commossa*) Ecco... mi permettano... così accanto...

Poi, dopo aver guardato ancora, bene, l'uno e l'altro negli occhi, posando una mano sulla spalla di Decio, gli domanda:

Aldo? sei tu?
ALDO No, scusi: Aldo sono io.
FERRANTE (*deluso, che la così detta «voce del sangue» lo abbia tradito*) Ah – lei?
ALDO (*ridendo*) Oh, bella! E perché, se Aldo era lui (*indica Decio*) gli dava del tu e, sapendo che sono io, mi dà del lei?

Ma Decio all'improvviso, approfittando della distrazione di Aldo, gli strappa la palla di mano. Tutt'e due, allora, gridando, prendono a inseguirsi, girando attorno a Ferrante.

DECIO Ah! Eccola, me la riprendo!

ALDO   No! Questo è un tradimento!
DECIO   Te l'ho fatta! Te l'ho fatta!
ALDO   No! Ridammela! Ridammela!
FERRANTE   (*sorridendo tra i due, sballottato*) Signori miei... signori miei...

A questo punto, l'uscio a destra si spalanca e ne vien fuori l'avvocato Lello Carpani, irritatissimo. È anche lui sui quarant'anni, molto posato, avvocato di grido, che sa come bisogna comportarsi per farsi valere. Sarebbe, o vorrebbe essere ben altro, se non stimasse pericoloso abbandonarsi alle velleità letterarie della sua prima giovinezza piuttosto romantica. La quale s'intravede ancora da certi mezzi sorrisi, e da come si passa la mano sui capelli, ch'eran tanti e che sono pochini ormai, ma ben rassettati, con la scriminatura da un lato e un ciuffetto sulla fronte. La posizione. Tutte le apparenze da sostenere e da rispettare. E come si fa, Dio mio! È pur necessaria questa grande serietà, che contiene tanta segreta malinconia.

LELLO   Ma Aldo, vergogna! A un signore in visita...
ALDO   (*a Ferrante*) Oh, già! Scusi. – M'ha strappato la palla, ha visto?
FERRANTE   Ma io godo moltissimo...
LELLO   No, la prego; non dica così, perché è una vera indecenza...
ALDO   Hai ragione, papà. Torno a chiedere scusa al signore.
LELLO   Ti prego di tacere. Basta a denunziare la tua sconvenienza il fatto che mi giuochi a tennis in camera!
ALDO   No, permetti?
LELLO   Basta così!
ALDO   M'accusi di sconvenienza... Ti prego di guardare!

S'accosta d'un balzo a Decio e gli strappa di mano la racchetta per mostrarla a Lello insieme con la sua.

Di chi sono queste racchette?

LELLO Che vuoi che sappia di chi sono!

ALDO Questa, della mamma; e questa di Muci.

LELLO (*scattando*) Ma che Muci! Si chiama Titti!

ALDO Titti, sì; *muci-muci* – Me le ha lasciate in camera; con la palla. Non c'è caso che a me sarebbe venuto in mente di giocarci, senza questo disordine. E di' tu, Decio, dov'erano posate?

DECIO (*ipocrita*) Ma... non so se debba dirlo...

ALDO No, dillo! dillo!

DECIO Eh... veramente... sul letto...

ALDO Hai capito? Con la palla! Cose che non dovrebbero essere ammissibili in una ragazza governata da Miss Write. Signore, la ossequio. – Vieni, Decio!

Via tutti e due dall'uscio a sinistra. Lello resta male.

FERRANTE Eh, la gioventù!

LELLO (*pigiando sulla parola*) D'oggi! Che vale quanto dire arroganza, impudenza, petulanza!

FERRANTE Anche quella di jeri, là!

LELLO No, prego! Sono stato anch'io giovane, e mi sentirei, creda, d'esser tuttora giovanissimo; ma gli eccessi, proprii della gioventù, erano, almeno per me, di ben altro genere.

FERRANTE Secondo nature. Mi sa che quel giovanotto debba tener molto da suo padre.

LELLO (*impuntandosi*) Ah, lei è a conoscenza che non è mio figlio?

FERRANTE Sì. So che...

LELLO Ha conosciuto forse il padre?

FERRANTE Sissignore. E vengo anzi, se permette, a nome di lui...

LELLO (*tirandosi indietro e quasi parando con la mano la notizia inattesa*) Di lui? Che dice? Di Ferrante Morli?

FERRANTE Non s'allarmi, prego!

LELLO È ritornato?

FERRANTE Sissignore.
LELLO Ferrante Morli è ritornato? Ma come? dove? quando è ritornato?
FERRANTE Da sei giorni.
LELLO Da sei giorni? E dove? Qua?
FERRANTE Non qua. Ha mandato me. Si calmi, per carità; mi lasci dire.
LELLO (*senza dargli ascolto, indietreggiando e squadrandolo*) Manda lei? E che vuole? Che cosa può pretendere dopo quattordici anni?
FERRANTE Ecco: niente! Vorrei che mi lasciasse dire...
LELLO Ma che mi vuol dire! che mi vuol dire! È uno scompiglio! Uno sconquasso, ora...

casca a sedere.

Uno ch'era sparito, lei lo capisce? cancellato dalla memoria, come se fosse morto...
FERRANTE (*con strana espressione*) Ecco, precisamente.
LELLO (*stordito, voltandosi a guardarlo*) Che, precisamente?
FERRANTE Quand'uno parte (come partì lui) e ritorna dopo quattordici anni...
LELLO (*balzando di nuovo in piedi*) Si ha tutto il diritto di considerarlo come morto!
FERRANTE (*con l'espressione di prima*) Ecco, precisamente.
LELLO Lei sa come se ne partì? Saprà anche, allora, che fui io a cavarlo dal carcere!
FERRANTE Ah no, questo, scusi...
LELLO Sissignore! Minacciato d'arresto...
FERRANTE Se ne partì...
LELLO (*con forza*) Se ne fuggì! E allora lo cavai io, qua, da tutto quel groviglio d'imprese spallate, per cui non aveva veduto altro scampo che nella fuga.
FERRANTE (*turbato, ritenuto, come sospeso in una costernata meraviglia*) Ah, lei... lei riuscì a chiarire la situazione del Morli?

LELLO Io! Sissignore!

FERRANTE Ma... so che c'era anche un forte ammanco – distorsione d'altri, lei lo saprà – ma di cui purtroppo il responsabile era lui.

LELLO (*mostrando di non volersi indugiare nella discussione risponde, seccato, come se per lui la cosa non abbia importanza*) Per quell'ammanco intervenne la moglie.

FERRANTE (*facendo un violentissimo sforzo su se stesso per dominare lo stupore e la commozione*) La moglie? Come?

LELLO (*c. s.*) Con la dote. Contro il mio parere, badiamo. Non avrei voluto a nessun costo.

FERRANTE (*non riuscendo a nascondere il dolore e la commozione*) Ma sì! Fu male! Non doveva mai!

Con ansia:

E allora... allora la signora perdette la dote?

LELLO (*dopo averlo osservato un po'; con freddezza*) No, non la perdette... Ma lei forse ha da comunicarmi qualche cosa, per cui questa notizia la turba tanto?

FERRANTE (*cercando di riprendersi per rimediare*) No... è... è che lui ignora affatto che la moglie... Mi disse anzi, ch'era sicuro, allontanandosi forse per sempre, ch'ella – almeno materialmente – mercé la dote che le restava intatta e cospicua, non avrebbe patito di quella sua rovina.

Di nuovo con ansia:

Ma lei mi dice che non la perdette?

LELLO Grazie a me, non la perdette, caro signore. Se si fosse rivolta a un avvocato meno scrupoloso...

FERRANTE (*con fervore di gratitudine*) Ne sono convinto! ne sono convinto!

LELLO (*interpretando male quel fervore*) Oh, sa? tanto per prevenire qualche sottintesa ironia...

FERRANTE (*subito*) Ma no! Per carità!

LELLO No, dico, se mai! posso dichiararle senz'ambagi che m'interessai tanto alla sorte della signora, abbandonata a ventitré anni, con un bambino di quattro, sola, bella, inesperta...
FERRANTE (*con uno scatto inconsulto*) Inesperta, no!

Poi subito, per rimediare:

Per quanto io ne sappia!
LELLO Basta a dimostrarlo il fatto che voleva dar via, così senz'altro, la sua dote...
FERRANTE Ma poté anche essere per amore del marito...
LELLO Ah, sì... questo sì... difatti...
FERRANTE Mi duole – badi! – doverlo riconoscere, perché il Morli... – eh, lo conosco bene! «La vita, a chi resta; la morte, a chi tocca»! – era questo il suo motto; per significare che non dobbiamo più impacciarci di chi se ne va.
LELLO Precisamente! Ma non fu così per lui! E so io quel che dovetti penare per far valere – prima su quell'intenzione di sacrifizio; poi, a poco a poco, sui sentimenti della signora – quell'interesse che, come le dicevo, presi subito alla sua sorte

reciso con forza:

per amore, sì – non esito affatto, ripeto, a dichiararlo – per l'amore che mi nacque improvviso allora per lei – giovane anch'io...

Subito:

Badi, però; poteva essermi di vantaggio ch'ella sacrificasse al marito scomparso la sua dote, e si riducesse povera e bisognosa di ajuto e di sostegno. – Non volli! La difesi contro me stesso!
FERRANTE Ah, bello!

LELLO Le feci costituire la dote a garanzia dei creditori; domandai una dilazione per dipanare tutta quella matassa arruffata d'affari; mettere in chiaro le spese, coprir quell'ammanco... – Un anno d'inferno! – Non certo – lei capirà – per salvare il signor Morli!

FERRANTE Ma giustissimo! Per salvare la dote!

LELLO La dote, sì, ma perché lei potesse disporre di sé, non solo liberata da ogni difficoltà materiale, ma anche secondo la sua elezione, senza più nessun ostacolo a ricongiungersi, se voleva, col marito, richiamandolo a sé, in patria, senza più pericolo che fosse arrestato.

FERRANTE Bello! Ah bello! Bello!

LELLO No – ecco... onesto; e – creda – non facile!

FERRANTE Se permette, io dico bello. – Onesto, mi scusi, se lei non avesse amato la signora.

LELLO Anzi perché l'amavo!

FERRANTE Lei, sì; ma la signora? la signora, è chiaro che doveva ancora amar molto, molto suo marito!

LELLO (*con stizza, subito*) Gliel'ho già detto io stesso, mi pare!

FERRANTE Appunto. E perciò bello! Lei, mi perdoni, forse non sentì tanto il bisogno dell'onestà, quanto di farsene bello di fronte a quell'amore di lei, quasi per sfidarlo col paragone tra la viltà del marito che se n'era scappato e codesta sua abnegazione che glielo ridava libero di ritornare a un suo richiamo.

LELLO Ebbene? Quand'anche fosse così?

FERRANTE Ah no, niente! Per chiarire la mia idea...

LELLO Ma nient'affatto! Perché non m'arrestai qua, io, caro signore! Dopo averlo cavato dagli imbrogli, fui ancora io ad avviar tutte le ricerche possibili e immaginabili presso i nostri consolati per rintracciarlo all'estero e fargli sapere che poteva ritornare tranquillo a casa sua! Le ho detto perciò che io, io più di tutti, ho il diritto di considerarlo come morto!

FERRANTE Già! Ma veda, non era possibile, ch'egli avesse notizia di codeste ricerche...

LELLO Voglio essere franco in tutto. Contai su questa... non dirò impossibilità...
FERRANTE Ma sì, impossibile! E del resto, quand'anche codeste ricerche lo avessero raggiunto, lui non sarebbe ritornato lo stesso. Perduto ogni credito, rovinato per colpa d'altri più che sua, non si sarebbe mai acconciato a vivere qua sulla dote della moglie.
LELLO Ma se ora è ritornato, scusi, prima della prescrizione di quella condanna che s'aspettava e per cui era fuggito?
FERRANTE È segno, lei dice, che deve aver saputo che nessuna condanna più pendeva su lui?
LELLO Mi pare!
FERRANTE Lo seppe, difatti, pochi mesi or sono; e s'affrettò a liquidare i suoi affari per il ritorno.
LELLO Ma sperando che cosa? Dopo...
FERRANTE (*interrompendolo subito*) Ecco... mi lasci dire! Dopo quattordici anni, vuol farmi osservare; spezzato ogni vincolo...
LELLO (*con impeto*) Non si sarà mica aspettato che la moglie stesse ancora in attesa di lui! Da pazzo – una simile speranza! Perché morta tutt'al più – ecco, morta – avrebbe potuto trovarla, se contava ch'ella fosse innamorata di lui fino al punto di poterlo aspettare per quattordici anni, così, senza saperne più nulla!
FERRANTE (*dopo aver tentato parecchie volte d'interromperlo, invano*) Quel che dico io! Quel che dico io!
LELLO (*c. s.*) Ma no, caro signore! Bisogna non aver niente qua

si picchia sul petto

per non immaginare che il cuore d'una donna innamorata, d'una moglie giovane, che si vede abbandonata da un momento all'altro, col suo bambino, avrebbe potuto schiantarsi, schiantarsi – come difatti rischiò di schiantarsi! – Questo lei non lo sa, caro signore, e che io mi dibattei nella disperazione per più di tre anni, a vedermela morire per un altro, che – spassi, estri, follie; uh! cinque anni di vita in comune, tutt'un giuoco d'artifizio; pim! pam! – Si fa presto così a prendersi tutta l'anima d'una donna! E ora lei viene a dirmi, calmo calmo, che quest'uomo non vuol niente!

FERRANTE Ha ragione! ha ragione, avvocato! Ma scusi, quando uno dice niente! Meno di così?

LELLO No, io rispondo a ciò che m'ha detto lei; che il signor Morli s'è affrettato a ritornare. – Ricco di nuovo, eh?

FERRANTE Sì, ricco...

LELLO E pronto, è vero, a riprendersi, come se non fosse avvenuto nulla, la moglie, il figliuolo...

FERRANTE Ma no, santo Dio! Pronto ad accettare, ritornando, tutto ciò che la sorte, i casi della vita gli avrebbero fatto trovare.

LELLO Glielo dico io che cosa gli hanno fatto trovare!

FERRANTE Ne è già informato...

Si presenta a questo punto sulla soglia della comune Lisa.

LISA Permesso, signor avvocato?

LELLO (*voltandosi di scatto*) Che cos'è?

LISA C'è un signore...

LELLO Non posso, non posso dare ascolto a nessuno in questo momento. Chi è?

LISA (*smarrita*) Il signor Filo... Filoni...

LELLO Finali! Finali! Ditegli che torni più tardi. Via!

Lisa si ritira. – A Ferrante, con forza, riattaccando:

Da undici anni la signora convive con me!

FERRANTE Sì sì, va bene.

LELLO No, aspetti! Trattata, considerata, rispettata da tutti come una legittima moglie!

FERRANTE E madre anche...

LELLO Sissignore, d'una ragazza che ha ora sette anni; mia figlia!

FERRANTE Va benissimo. Dunque...

LELLO No. Aspetti. Ho fatto da padre in tutto questo tempo al suo figliolo – quel giovinotto che lei ha veduto e riconosciuto anche... eccessivamente vivace come il padre – sì, purtroppo!

FERRANTE Tutte queste cose, le dico...

LELLO Aggiungo, no, aggiungo che profittando delle ricerche riuscite vane, trascorso il tempo che la legge prescrive per la ricomparsa del coniuge, avrei potuto anche regolare legalmente col matrimonio la situazione mia e della signora...

FERRANTE Ecco, già. E sarebbe stato bene, io credo, che lei lo avesse fatto.

LELLO Perché? Per dare al signor Morli adesso la soddisfazione di farlo annullare?

FERRANTE Ma no, scusi, avvocato. Se sono qua per farle sapere che il signor Morli, informato di tutto al suo arrivo, vuole che tanto lei quanto la signora stiano tranquilli e sicuri ch'egli non darà la minima ombra e non farà nulla, da parte sua, per alterare le condizioni di vita che si sono stabilite durante la sua assenza...

LELLO Ah, per questo vorrebbe che io avessi anche legalizzato la mia unione? Le dico che, per il solo fatto del suo ritorno, il mio matrimonio, adesso, sarebbe annullato.

FERRANTE Già, ma io dico, veda, per la sua figliuola, avvocato. Non m'intendo di legge; ma ritengo che, annullato il secondo matrimonio, contratto in buona fede per la scomparsa, come lei dice, del primo coniuge, i figli di questo secondo matrimonio, non perdono, è vero?, il diritto della loro legittimità.

LELLO No, no!

FERRANTE Sarebbe iniquo! Ora, non avendolo lei fatto, la sua figliuola...

LELLO (*prevenendo, dopo avere stentato a comprendere*) Già! È naturale... Ora non potrei più farlo... Ma questo importa fino a un certo punto. La mia figliuola è riconosciuta, e basta così. È donna; troverà marito... Se fosse stato un maschio, forse, non mi sarei fatto scrupolo di richiamar la madre a considerare una condizione di fatto, su cui, capirà, per mia delicatezza, ho rifuggito sempre dal richiamarla... – Non perché non fossi sicuro di lei! Ma perché... fare il nome di quell'uomo... venire a un atto che importava, da parte di lei, così nell'incertezza, doversi considerare come vedova di colui... – m'era odioso.

FERRANTE Ah, ecco...

LELLO Tanto più che non ne abbiamo sentito proprio bisogno per la stima ch'ella, grazie a Dio, gode intera, accanto a me, presso tutti.

Riscaldandosi:

È questo, è questo ora lo scompiglio vero, che mi porta il signor Morli col suo ritorno! Mi manda a dire che non vuol niente; che non darà la minima ombra! Ma come vuole che non dia ombra? – Col suo ritorno cangia tutto.

FERRANTE No, perché? Non cangia nulla.

LELLO Cangia tutto! Per forza! Finché lui non c'era – passati ormai tanti anni – sparito – forse morto – la situazione della signora qua con me era divenuta agli occhi di tutti quasi normale.

FERRANTE Già! Ma non vedo...

LELLO Come non vede? Ora diventa falsa, col marito di nuovo qua!

FERRANTE No, dico, scusi, non vedo che cosa possa farci lui... il Morli...

LELLO E non la mette lui, adesso, in questa falsa situazione?

FERRANTE Non lui, scusi...

LELLO Lui, lui! Perché avrebbe potuto ritornar subito!

Questa situazione è stata determinata, provocata dal suo abbandono!

FERRANTE   Già... ma per impedirlo non credo che lei possa pretendere ch'egli arrivi fino al punto di sopprimersi!

LELLO   Non pretendo questo! Penso alla reputazione della signora!

FERRANTE   Capisco! capisco!

LELLO   Non negherà che ora ella si troverà a convivere, davanti a tutti, con un uomo che, legalmente, non è suo marito.

FERRANTE   Ma questo è di fatto, scusi!

LELLO   Nossignore! Di fatto, finora, questo marito non esisteva; nessuno ci pensava più! Ero io per tutti, di fatto, il marito! Ora invece, con lui di nuovo qua...

FERRANTE (*stringendosi nelle spalle*)   Che vuole che le dica... Mi dispiace...

LELLO (*non riuscendo a darsi pace*)   È stata da anni, da anni, la mia cura più assidua... Tutta la mia passione per questa donna...

Andando innanzi a Ferrante quasi aggredendolo:

Sa! avrei saputo farle anch'io, le follie, quelle che forse a lei un tempo piacevano, nel marito! – Nossignori; frenarla, comporla, questa passione, per guadagnarle con la correttezza di tutte le forme, il rispetto della società. – Ora viene lui, e addio! – Io divento l'amante. – Questa donna, ha il marito, e convive con l'amante!

FERRANTE   Lei se n'ha per male, scusi, come se l'amante, intanto, non fosse lei!

LELLO   Nossignori! Perché per me, ormai è come una moglie!

FERRANTE   Appunto... Ma mi pare che tra lei e il marito, questo fatto dovrebbe dispiacere più al marito, che a lei!

LELLO   Ma che vuole che dispiaccia a lui, se mi manda qua uno a dirmi che non glien'importa nulla!

FERRANTE Ah no! no! che non glien'importi nulla, signore, io non gliel'ho detto! Il Morli è disposto...
LELLO A ripartirsene?
FERRANTE No! Ah, no! Basta! Quanto a ripartirsene, stia sicuro che non se ne riparte più!
LELLO E allora? – Disposto a che cosa? – Ma dunque vede che è vero, lei che mi diceva di no?
FERRANTE Io? Che cosa?
LELLO È pazzo. È pazzo! Ah, è venuto anche sul serio con l'intenzione di riprendersi la moglie?
FERRANTE Ma no!
LELLO (*senza dargli tempo*) Aspetti! aspetti! Abbia pazienza un momento, caro signore!

Esce concitatamente per l'uscio a sinistra. Ferrante Morli resta interdetto e sospeso su quello che ora avverrà. – Poco dopo, dalla comune, si precipita la Titti – bella ragazzetta di sette anni – vestita di bianco come una farfalla – seguita dalla sua governante inglese Miss Write, giovane e bella, ma assiderata in una dolente rigidezza.

TITTI (*accorrendo e abbracciando per di dietro Ferrante*) Buon giorno, papà, buon giorno!

Poi, tirandosi indietro, e irrigidendosi anche lei, come la sua governante, appena Ferrante le si mostra:

Oh, prego, scusi!
MISS WRITE Ma Titti!
FERRANTE Niente – bella bambina!

Ammirandola:

Ah, deliziosa... – Ma guarda! Sai che somigli molto – molto

volgendosi a Miss Write:

è curioso!

riguardando la ragazza:

ma sì, a quel birbante che ti chiama *muci-muci*?
TITTI (*alzando una mano come una bambola inorridita*) Ah!
MISS WRITE   Schocking. Non retto dire così signore.

Rivolgendosi alla Titti:

Make your compliments and let us retire.
FERRANTE (*comprendendo molte cose sulle condizioni del figlio in quella casa, dice con ironia*)   Ah, bene... – Non credevo, scusi...

Rientra dall'uscio a destra Lello, seguito da Evelina. La signora Morli ha circa trentasette anni. È quale i casi della vita e la compagnia d'un uomo malinconico, posato e scrupoloso come Lello Carpani l'hanno ridotta: vale a dire seria, contegnosa, compresa del rispetto che una donna e una madre cosciente dei suoi doveri verso la società e la famiglia, deve ispirare con la sua dignità inappuntabile, temperata però da un misurato languore nello sguardo, nella voce, nei sorrisi, di nobile compatimento, ispirato da non si sa quale soave rimpianto lontano. Tutto questo, si badi, senza la minima ombra di affettazione, come una necessità naturale della sua convivenza col Carpani, la quale, senza concorso di volontà o di studio, abbia determinato istintivamente in lei questo suo modo d'essere, quasi che, volendo piacere all'uomo con cui convive, ella non abbia mai pensato di poter essere altrimenti. Penerà molto, però, in questo momento, a serbare questo suo naturale contegno, agitata com'è dalla notizia del ritorno del marito, ch'ella del resto riconosce subito nella persona di quel sedicente amico.

TITTI (*accorrendo per abbracciare Lello*) Oh, eccoti finalmente!
LELLO (*arrestandola*) No, Titti; vai, vai...

Poi, mostrando la ragazza a Ferrante, con intenzione:

Ecco la mia

indica Evelina

la nostra figliuola.
FERRANTE (*turbatissimo, guardando invece Evelina*) Ho avuto... ho avuto il piacere d'ammirarla.
TITTI (*accorrendo verso la madre*) Mamma, sai? ho visto la signora Armelli. Ha detto che verrà con l'avvocato. Senti, mamma?
LELLO (*a Titti*) Vai, vai, cara!

Ma vedendo che Titti, andata verso la madre, resta smarrita di fronte al turbamento di lei, esclama sorpreso, guardando Evelina:

Che cos'è?
EVELINA (*quasi per venir meno; tra sé, guardando e non volendo guardare Ferrante, dice, convulsa*) Ma... la voce... gli occhi...

Poi, risolutamente, arrossendo, impallidendo, quasi con un grido:

Ferrante?
FERRANTE (*in un sussulto*) Eva!
EVELINA (*con la smania di chi non vorrebbe smarrirsi, e si*

smarrisce; portandosi le mani alla faccia) Oh Dio... Dio mio...

casca a sedere.

LELLO (*a Ferrante*)   Ah, come! È lei? Ferrante Morli?
FERRANTE   Chiedo scusa...

accostandosi a Evelina:

no, Eva... Sù! sù! Me ne vado subito... Non ho saputo resistere alla tentazione di venire a vedere...
EVELINA (*levandosi con franca fierezza*)   Venire a vedere che cosa?
FERRANTE (*quasi sorridendo, nel vederla così*)   Ma no! Niente, Eva...
LELLO   Qua bisogna venir subito, Lina, a una spiegazione!
EVELINA (*combattuta, fremente, vedendo il marito così pallido*)   No! Basta! Che spiegazione? Non... non c'è bisogno di nessuna spiegazione!

Accorgendosi che Titti è ancora lì, stupita, smarrita:

Ma vai, vai, figliuola mia... –

Volgendosi a Miss Write:

Mi pare che lei, signorina, avrebbe potuto portarsela anche di là!

Titti e Miss Write si ritirano per la comune.

EVELINA (*a Lello*)   Nessuno ha diritto di chiedere a me spiegazioni.
FERRANTE   Ma io non ne ho chieste. È stato lui, Eva...
EVELINA   Non so con quale ardire tu abbia potuto così all'improvviso, dopo tanti anni, presentarti qua...

LELLO Sotto veste d'un amico, sai!
FERRANTE (*ancor sorridente, ma già cominciando a seccarsi sul serio*) Ma per non fare scene, Dio mio, come questa a cui tutt'a un tratto, senza ch'io potessi impedirglielo, ha voluto trarre qua te, Eva, e me... – Ho rifuggito sempre dal farne! Tu lo sai!
EVELINA E perché allora... perché allora sei venuto?
FERRANTE Ma l'ho detto a lui... gliel'avevo già detto...
LELLO No, no, scusi, lei ha manifestato anche l'intenzione...
FERRANTE Nessuna intenzione, no!

Con scatto d'impazienza:

Maledetto il momento che a uno viene l'ispirazione di fare un piacere agli altri!
LELLO Ah, per lei è un piacere questo?
FERRANTE Ma sì, perché mi sono preoccupato che v'arrivasse di sorpresa la notizia del mio ritorno, senza sapere con quali intenzioni fossi ritornato!
EVELINA Ma io ancora non le so, le tue intenzioni!
FERRANTE Nessuna, Eva! Nessuna, ti dico!
EVELINA Sarebbe inconcepibile, difatti, che tu potessi averne ancora qualcuna!
FERRANTE Avrei voluto, veramente, o scriverti, o mandare qualcuno. Decisi all'ultimo di venire io stesso, fidandomi che tu – anche se mi avessi visto – ormai, dopo tant'anni, così... tutto grigio, senza barba... Mi hai invece riconosciuto subito!
LELLO (*seccato di questo tentativo d'approccio familiare*) Aspetti, aspetti, scusi! Non è possibile! Se è venuto in persona... qualche speranza, per lo meno...
FERRANTE Ma no, le dico! Nessuna speranza! Un desiderio, al massimo, di vedere... Oh perdio! mi sembra naturale infine...
EVELINA (*subito, intuendo, con uno scatto quasi ferino*) Aldo, tu dici?

FERRANTE   Mio figlio!
EVELINA (*c. s. tutta vibrante d'ira e di sdegno*)   Ma che tuo figlio! Tuo figlio? Tu lo abbandonasti, lo lasciasti a me bambino, senza più curarti di lui...
FERRANTE (*gridando più di lei, per interrompere la scena che lo secca enormemente*)   Ma sì! ma sì! Va bene! Basta! Ora l'ho visto e me ne vado!
EVELINA (*restando*)   L'hai visto? Dove? Qua?
FERRANTE   Poco fa; ma non temere! Non sa d'aver parlato con suo padre!
LELLO   Ma lo saprà; verrà a saperlo! Non sarà possibile tenerglielo nascosto! – Ah, eccolo qua...

Entrano dall'uscio a sinistra Aldo e Decio. Aldo ha il cappello in capo, per uscire; Decio lo tiene in mano. Subito Evelina si lancia incontro al figlio, come per ripararlo.

EVELINA (*frenetica*)   No, no, Aldo! no! mio! mio soltanto!

Volgendosi come una belva a Ferrante:

Se sei ritornato per questo, puoi andartene, perché non hai, non hai più nessun diritto su lui!
ALDO (*sbalordito*)   Mamma, ma che cos'è? che dici?
EVELINA (*seguitando, con foga crescente*)   No! Nessuno! nessuno! perché tu sei rimasto a me; t'ho cresciuto io, Aldo; io soltanto ho sofferto per te, e soltanto la tua mamma tu ti sei trovata accanto!
ALDO (*comprendendo e guardando l'estraneo*)   Ma che... che forse... lui?
EVELINA (*abbracciandolo, riparandolo*)   No! Tu non devi neanche guardarlo!
FERRANTE (*ad Aldo; impaziente e imperioso, vedendo ch'egli accenna di sciogliersi dal cieco abbraccio della madre*)   Stai, stai lì!

EVELINA (*voltandosi di nuovo contro di lui, senza lasciare il figlio*) Non c'è bisogno che glielo dica tu di stare qui!
ALDO Ma no, mamma, aspetta! Non sono un bambino!
EVELINA (*atterrita*) Come!... Che dici, Aldo?
ALDO Dico che... preso così, scusami... – Ho diritto anch'io di sapere...
EVELINA (*subito*) No, niente, Aldo! niente! Perché lo riconosce lui stesso di non avere nessun diritto su te! Ha detto che non vuole niente, e che se ne va! È vero?
FERRANTE (*ridendo dell'agitazione di lei e della fretta di mandarlo via*) Ma sì! Càlmati! Càlmati! Non voglio niente!
EVELINA (*subito*) Te ne puoi dunque andare!
FERRANTE Ecco, me ne vado...
ALDO (*risolutamente, staccandosi*) Aspetta, mamma! Ti dico che io voglio sapere!
LELLO (*a Ferrante*) Ecco, vede? vede? lei che non vuol niente!
FERRANTE (*a Lello*) Io? Ma no! È lui!

Indica Aldo.

EVELINA (*al figlio*) Che vuoi sapere? Non ti basta quello che sai?
ALDO Sì: quello che m'hai detto tu. Ma forse egli avrà ora esposto qua le ragioni per cui, per tanti anni, non s'è fatto vivo!
FERRANTE Ah no, caro, nessuna ragione! nessuna!
ALDO Ne avrai avute!
FERRANTE Nessuna, davanti a tua madre che grida, giustamente, perché l'abbandonai con te, bambino.
EVELINA (*interrompendolo*) E non è forse vero?
FERRANTE Sì, e dico infatti «giustamente»!
ALDO Ma davanti a me?
EVELINA Ah no, nient'affatto! Ci devo esser io!
FERRANTE (*ridendo*) Temi che inventi? – Ma no! Perché tu stia tranquilla, eccole qua a mio figlio, spicce spicce, le

mie ragioni. Volli abbandonarvi tutt'e due. Te e lei! Per andare a divertirmi! Va bene così?

EVELINA Ah no! Perché così tu vuoi fargli supporre...

FERRANTE (*con scatto d'impazienza*) Ma se non voglio averne per lui! non lo capisci? Prima di tutto perché credo con te, che per lui debbano valere soltanto le tue; e poi perché non ammetto che debba giudicarmi mio figlio!

LELLO Ma egli ha pure tutto il diritto di sapere...

FERRANTE (*subito, interrompendo*) Nossignore! Perché io non gl'impongo, né gli chiedo di venirsene con me! – Potrei dirle a lei

indica Evelina

se mai, le mie ragioni; ma me ne guardo bene! – Io posso riconoscere le sue e accettarle in pace, – lei, le mie, no – per forza!

Volgendosi subito a Evelina:

Perché tu, Eva, hai ora – qua, lui

indica Lello

– e di là, tua figlia! – Due fatti, contro cui non potrebbero mai valere le mie ragioni, fossero pure le più giuste e le più vere! – Dunque, basta! – Me ne vado.

ALDO E non pensi che queste che sono ragioni per lei...

EVELINA (*cercando d'interromperlo*) Ma che dici?

ALDO (*forte, reciso*) Lasciami dire, ti prego, mamma! Tra te e lui, ci sono pure io! – Dovete pure tener conto di me!

A Ferrante:

Tu non dovevi più ritornare, se volevi riconoscere e tener

ferme soltanto queste ragioni di lei, nelle quali io non entro affatto!
EVELINA (*con un grido*) Come non entri? Che dici!
ALDO (*pronto, con forza*) Ma sì, mamma, Scusa! se son lui

indica Lello

e la Titti le tue ragioni, quelle ch'egli accetta, – io non c'entro, io ne son fuori!
EVELINA (*subito, con forza*) E che forse la Titti m'ha impedito d'esser mamma anche per te?
ALDO (*tentando d'arginare quella foga, dolcemente*) No no, mamma!
EVELINA (*c. s.*) Quando? quando mai? Sono stata tutta per te; tutte per te le mie cure!
ALDO (*c. s.*) Sì, sì...
LELLO Questa è ingratitudine!
EVELINA E anche lui

indica Lello

è stato per te un padre affettuoso!
ALDO Ma sì! va benissimo! E gliene sono grato! – Ma considera la mia situazione, ora, con lui qua!

Indica Ferrante.

LELLO Ah, questo sì, è giusto. Gliel'ho detto anch'io! Giustissimo!
EVELINA (*stordita, non aspettandosi quest'approvazione da parte di Lello*) Come? Che dici, giustissimo?
ALDO Ma sì, mamma: se mio padre è tornato, ti par giusto ch'io stia qua ancora con lui?

Indica Lello; poi, scorgendo per caso Decio di cui s'era scordato:

È vero, Decio? Non ti pare? Sù, sù, di'! tu puoi giudicarne meglio d'ogni altro, da estraneo...
DECIO Ma no... io... chiedo scusa...
ALDO No, no – Di', di' francamente.
DECIO Ma io non so...
LELLO È inutile! è inutile! Perché è proprio così, Lina, tuo figlio ha ragione!
ALDO Finché mio padre non c'era...
LELLO Anche la nostra situazione, adesso, gliel'ho fatto notare

indica Ferrante

diventa falsa, con lui qua, agli occhi di tutti. – E tuo figlio naturalmente...
EVELINA Ma se finora c'è stato, qua con noi!
LELLO Sì; finché non si sapeva nulla di lui, neppure se fosse in vita!
EVELINA (*ad Aldo*) Ma se lui, Dio mio, lui stesso te lo dice, di rimanere con me!
FERRANTE O se no, me ne riparto...
LELLO (*con uno scatto di sincerità*) Ecco! Bene! Dovrebbe far questo, lei!
ALDO (*subito*) Sarebbe inutile!

Voltandosi a Ferrante:

Te ne riparti? Vengo con te; e sarà peggio per lei!
EVELINA Ma allora sei tu, Aldo?
ALDO No, mamma! Dio mio, non so come tu non te ne persuada! Tu te ne stai con lui

indica Lello

e con la Titti – com'è giusto. Ma è giusto allora che anch'io me ne vada con mio padre...
FERRANTE Volete lasciarmi dire due parole?

EVELINA Ecco che parla lui, adesso!
FERRANTE No, Eva, – con calma! con calma!
EVELINA Lo so che cosa vuoi dire! Che non essendomi bastato lui bambino, è vero?, e avendo io ora un'altra figlia e lui...

indica Lello.

FERRANTE Ma non te ne fo un rimprovero!
EVELINA E intanto mi porti via il figlio, senz'aver mai fatto nulla per lui!

*Voltandosi verso Aldo e abbracciandolo e stringendolo
a sé con furia di disperazione:*

Non è possibile! Non è possibile, Aldo! Io non ti lascio andar via! Io non potrei più vivere; non potrei più vivere senza di te, figlio mio! Come puoi pensare d'abbandonarmi, d'abbandonar la tua mamma?
ALDO Ma no... vedi...
EVELINA Che vedo? Non capisci che viene a essere una condanna per me, se tu te ne vai con lui, se mi lasci qua senza di te? E ti pare ch'io me la meriti, se lui stesso ti dice di no?
ALDO Ma perché condanna, mamma?
EVELINA Condanna! condanna!
ALDO Ma nient'affatto! T'ho detto che è giusto! E se tu non pensassi soltanto alla tua situazione...
LELLO È certo che tu la renderai più falsa, andandotene.
EVELINA (*con subitaneo contrasto, rivolgendosi contro Lello*) No, no! – Ha ragione! – Dice che io non penso alla sua! – Che penso alla mia, e non penso alla sua! – Ha ragione!

Ad Aldo:

No, non me n'importa, della mia – è che io non voglio perderti, Aldo!
ALDO Ma perché perdermi? Chi ti dice che mi perderai?
EVELINA Non starai più con me!
ALDO Ma ci vedremo sempre...
EVELINA Come? dove? sei stato con me sempre, da piccino; e non lo sai, non lo sai tutto quello che ho sofferto; tutto quello che io feci anche per lui...

Indica Ferrante.

LELLO (*con fermezza, turbandosi*) Gliel'ho già detto, Lina!
EVELINA (*subito*) Io non lo dico per lui; lo dico per mio figlio!
FERRANTE Ma Eva, scusa...
EVELINA (*di scatto, dura, aggrottata*) Che vuoi tu?
FERRANTE Non per mio figlio; ma per te...
EVELINA Non voglio saper più nulla, io!
FERRANTE Ma non intendo parlare di te, come sei ora!
EVELINA Di quella che fui, in me, non c'è più traccia!
FERRANTE Non è vero! Ah! non è vero! Lo so per prova! Lo credetti anch'io, quando volli troncar tutto, di netto, fuggendo come un pazzo, senza lasciare più, apposta, nessuna traccia di me! – Scusa, tant'è vero, che t'è bastato risentir la mia voce, e sei cascata lì a sedere...
EVELINA Ma sfido!
LELLO Mi sembra perfettamente inutile...
FERRANTE Inutilissimo! inutilissimo! Ma per mandare così una voce – a quattordici anni di distanza – a una certa piccola Eva folle...
EVELINA Folle, sì! folle! folle!
FERRANTE Non rimpiangere, saresti ingrata!
EVELINA Ma lo scontai!
FERRANTE Questo sì! Ma anch'io! E peggio di te! Non rimpiangere! Per questo, capisci?, volli sparire. Quando una vita, come quella che vivemmo tu e io, per cinque anni, crolla – è tale il crollo, che; basta! serrare i denti!

sparire! – So quello che volesti fare per me! Una pazzia... Se il mio unico pensiero era stato quello di salvare almeno te e lui

indica Aldo

– così, proprio come ho fatto – sparendo! – Vedi che, sì – avrai sofferto – ma non t'è finita male... Con me, se fossi ritornato, sapendo a tempo dell'opera sua

indica Lello

– immagina che vita sarebbe stata... Diversi, non si può essere se non con gli altri. – Tu, con lui...

indica di nuovo Lello

– ma diversi noi due, Eva – dopo essere stati com'eravamo – no, ah! sarebbe stato per me una cosa impossibile! meglio niente!
ALDO   Avresti potuto pensare che c'ero io, anche.
FERRANTE   No! Anche per te, anche per te – meglio! Dopo quanto avvenne, per colpa d'altri, ma certo anche per il disordine mio – t'avrei fatto male e non bene, restando!

Subito cangiando tono, calmo, arguto, sorridente, per richiamare ai fatti:

– Signori miei, insomma, io v'ho trovati qua in perfettissima pace. Mi pare che voi adesso rimpiangiate, non la mia fuga di tanti anni fa, ma ch'io sia ritornato!
LELLO   Appunto! appunto! – guastando tutto, con questo ritorno!
FERRANTE   Vediamo di guastare il meno possibile! Sono qua per questo.
EVELINA (*ad Aldo*)   Dunque, tu vuoi andartene con tuo

padre? Bada che io non so... non so come farò... quello che farò, se tu te ne vai...
ALDO   Ma se ti dico che ci vedremo sempre...
EVELINA   Voglio sapere dove!
LELLO   Già, perché...

rivolgendosi a Ferrante:

spero che lei non penserà di domiciliarsi qua, nella stessa città...
FERRANTE   Ah, no... certo...
LELLO   Sarebbe una condizione per me, per lei

indica Evelina

intollerabile!
FERRANTE   Stia tranquillo. Non mi domicilierò qua certamente.
EVELINA   E dunque, come sarà questo sempre?
ALDO   Ma si vedrà, mamma... Combineremo...
EVELINA   No, no! – Ora! – Lo voglio sapere ora! Io voglio sapere prima! – Non verrà fuori che tu non potrai più venire qua perché io sto con lui!

Indica Lello, guardando come a sfida Ferrante.

FERRANTE (*sorridendo*)   Ma non ti rivolgere a me. Io non dico niente! Fate voi! Fate voi!
LELLO (*schizzando stizza; irritato, non si sa se dalla gelosia, o dal dispetto di vedersi tutto scombinato*)   Comoda, ah, comoda, la sua parte!
FERRANTE   E dàlli! Ma non me lo dica lei, almeno, scusi!
LELLO   Glielo dico io, sissignore, glielo dico io!
FERRANTE   Oh bella! Ma abbia pazienza, si rende un po' conto perché la cosa le sembra così?
LELLO   Ma perché è così! Non crede che sia comodo lasciar fare agli altri dopo aver messo tutto sossopra?

FERRANTE Nient'affatto. Guardi. Le sembra così, perché io proprio non voglio nulla, neanche mio figlio; di fronte a lei che invece vorrebbe tutto.
LELLO Io?
FERRANTE Sissignore. Tutto. Come se io non solo non ci fossi, ma non fossi mai stato nessuno né per questa donna, né per questo ragazzo. Bene. Io faccio come vuol lei, cioè appunto come se non ci fossi; ed ecco che lei se n'irrita e se la piglia con me. – Se la pigliasse almeno con lui!

indica Aldo.

– Quantunque, per esser logico, lei dovrebbe riconoscere che mio figlio, qua, non dovrebbe metter più piede.
LELLO (*stordito*) Come per esser logico?
FERRANTE Ma sissignore! Perché lei si dà pensiero delle false situazioni e della buona reputazione, solo quando fanno comodo a lei. Bene. Voglio darmene pensiero anch'io. E posso pretendere – poiché il marito sono io, infine, io e non lei – posso pretendere che mio figlio, qua, non metta più piede!
EVELINA (*subito, costernatissima*) Ah, vedi? vedi?
FERRANTE (*scoppiando a ridere*) Ma no! ma no! Stai tranquilla, cara! Non pretendo nulla, io! – Non posso soffrire la pedanteria, lo sai! – Povera piccola Eva, sei diventata accanto a lui una brava saggia mammina feroce. Ti ricordi? Iviù!

Farà questo grido, che evidentemente era il modo con cui un tempo la chiamava, con una strana luce negli occhi e alzando tutte e due le braccia.

E tu mi saltavi al collo.

Evelina, che durante tutta la scena ha cercato di nascondere il vivo e profondo turbamento richiamandosi di continuo alla sua malinconica e austera dignità, tanto più soffusa d'una cert'aria di comicità, quanto più in lei vuol essere sincera, e che nella difesa del figlio ha messo tanta aggressività contro la sorridente remissione del marito, perché in questa aggressività trovava anche una difesa contro il suo proprio turbamento, ora a quel grido di lui, per nascondere ancora una volta questo turbamento, ricorre a un fiero atto di sdegno.

FERRANTE (*subito, notando quest'atto*) No! Basta... Scusami... Mi pare impossibile che, pur essendo all'aspetto quasi la stessa, tu sia divenuta un'altra, così...

EVELINA (*non potendone più*) Ma insomma!

FERRANTE Basta, basta, sì. Me ne vado. Non c'è da far tragedie, come vedete, disposto come sono alla massima condiscendenza. Tuo figlio se ne starà con te, con me, come vorrà. E standosene con me non soffrirà, perché ho pensato per lui, credi, più che non paja. Da questo bel giovanotto

posa una mano sulla spalla di Decio

mi farete sapere quello che stabilirete fra voi due: dove, come e quando vi volete vedere; e non ne parliamo più...

Fa per avviarsi, con Decio, quando sulla comune si presenta la Signora Armelli, sui trent'anni, molto ritinta e riccamente abbigliata.

SIGNORA ARMELLI Permesso?
EVELINA Oh, Lucia. Vieni, vieni.
FERRANTE (*piano a Decio*) Sù, sù, andiamo, andiamocene, noi due!

Saluta con la mano Aldo, e inosservato dagli altri esce con Decio, approfittando della visita sopravvenuta.

SIGNORA ARMELLI (*a Lello*)   C'è mio marito in automobile che la aspetta giù, avvocato, per andare... non so, al convegno per la causa...
LELLO (*imbarazzatissimo*)   Già! Ma non è possibile, vede?

Voltandosi a cercar nella stanza Ferrante:

Dov'è? Se n'è andato?
SIGNORA ARMELLI (*stordita*)   Chi?
LELLO   Niente niente. Scenderò io stesso giù a portare a Giorgio le carte e a dirgli che faccia lui perché per oggi io non posso... non posso...

Esce di fretta per l'uscio a destra.

SIGNORA ARMELLI   Oh Dio, ma che cos'è accaduto?
EVELINA   Ah Lucia, che cosa! che cosa! Vedi questo ingrato?

indica Aldo. – Poi volgendosi a lui:

Perché non te ne sei andato via subito con lui?
ALDO   Ma per carità, mamma.
EVELINA (*alla signora Armelli*)   Lo abbiamo cresciuto insieme, è vero, Lucia? E ora...
SIGNORA ARMELLI   E ora?
EVELINA   Hai veduto quel signore che si disponeva a uscire quando tu sei entrata?
SIGNORA ARMELLI   Sì, col signor Decio...
EVELINA   È mio marito!
SIGNORA ARMELLI (*sbalordita*)   Tuo marito? tuo marito?
EVELINA   Sì, che si porterà via con sé Aldo!
SIGNORA ARMELLI (*con un grido represso*)   Ah!
EVELINA   E lui è felicissimo d'andarsene!
SIGNORA ARMELLI (*sentendosi vacillare e accennando di portarsi le mani al volto, esclama quasi sotto voce*)   Oh Dio... Oh Dio...

E mentre Evelina e Aldo accorrono a sorreggerla, casca su una sedia, svenuta.

EVELINA (*guardando quasi impaurita il figlio*) Che cos'è?
ALDO (*confuso, premuroso, chinandosi sulla svenuta*) Signora Armelli... Dio mio... signora Lucia...

Poi, alla madre con un gesto espressivo delle mani:

Mamma... mamma... va', corri pei sali...
EVELINA (*trasecolata*) Ma come, tu... con lei?

E si porta le mani alle tempie, come a reggersi la testa che le va via davanti alla rivelazione d'una cosa così enorme e incredibile.

ALDO (*piano con una certa stizza*) Anche per questo, vedi?, è bene che io me ne vada... – Sù, corri, corri...

Evelina, con la bocca aperta, le mani per aria, fa per avvicinarsi, ma come se non sapesse più dove andare; poi si volge ancora una volta verso il figlio come impaurita, ma Aldo con le mani le fa un atto iroso d'andare.

Tela

ATTO SECONDO

Scena

Giardino della villa di Ferrante Morli a Roma. La villa è a sinistra; se ne scorge tra gli alberi la facciata, col portone aperto, a cui si sale per alcuni scalini d'invito, non più di cinque, che man mano si restringono fino alla soglia del portone. A destra è prima il cancello con un magnifico eucaliptus presso uno dei pilastri; poi, fino in fondo, la ringhiera che s'intravede di tra gli alberi, tutta coperta d'edera e di roselline rampicanti. Alberato è anche il fondo della scena, in parte sul davanti praticabile. Tra due alberi, un'altalena. In mezzo qualche tavolino e sedie e sedili da giardino.
Sono passati circa due mesi dal primo atto. È un dolcissimo pomeriggio d'aprile.

Sono in iscena il cameriere Ferdinando, sui cinquanta anni, in marsina, Toto, giovinastro equivoco, che accompagna una Giovane non meno equivoca, in cappellino, la quale viene a profferirsi per governante.

FERDINANDO   Per me, se volete, entrate pure.

Indica il portone della villa.

Ce n'è di là altre due che aspettano.

Osserva la Giovane.

Ma per dir la verità, non mi pare il genere...
TOTO (*aggressivo e provocante, facendosi avanti*)   Come sarebbe a dire, che non ti pare il genere?

LA GIOVANE (*tirandolo indietro, non tanto per metter pace, quanto per far vedere che basta lei sola*)   Lascia, Toto; andiamocene. L'avviso del giornale diceva: «Donna eccepibile».

FERDINANDO (*correggendo*)   Ineccepibile! ineccepibile!

LA GIOVANE   E va bene! «Governo casa signore solo».

FERDINANDO   Già, ma vedete, qua, propriamente, questa donna non la vorrebbero né il signore né il signorino...

LA GIOVANE (*interrompendo*)   Ah, come? c'è pure il signorino?

FERDINANDO   Sì; ma questo per voi non vorrebbe dire, perché «solo» anche lui. Meglio anzi!

TOTO (*c. s.*)   Oh! Che discorsi fai? Bada come parli!

FERDINANDO   No; faccio per dire adesso!

TOTO (*interrompendo, agitando un giornale che tiene in mano aperto*)   Ma allora perché mettono l'avviso sul giornale e fanno incomodare le persone a venire fin qua?

FERDINANDO   Abbiate pazienza. Lasciatemi finire. La governante la vorrebbe la signora.

TOTO (*subito scattando*)   Che? La signora?

LA GIOVANE (*c. s., quasi contemporaneamente*)   Senti senti, che scappa fuori adesso anche la signora!

Si sente sonare il campanello del cancello.

TOTO (*alla donna, tirandola via con sé*)   Vieni via! vieni via!

FERDINANDO (*accorrendo verso il cancello*)   Un momento... aspettate un momento...

Ferdinando apre il cancello. Entrano la Vecchia zia, grassa, ciabattona, e la Nipote, sui trent'anni, molto formosa ma finta modesta.

LA VECCHIA ZIA   È qua che cercano la donna per un signore solo?

FERDINANDO   Qua, entrate.

TOTO (*subito alle due nuove arrivate*) Ma non date retta!
LA GIOVANE (*sulle mosse d'andar via con Toto*) Questo si chiama ingannare la gente. Dicono «signore solo», e poi viene fuori che c'è pure la signora!
FERDINANDO Ma no!
LA VECCHIA ZIA Come? La signora?
LA GIOVANE (*rispondendo a Ferdinando*) L'avete detto voi!
FERDINANDO Se non mi lasciate spiegare! – La signora c'è e non c'è.
TOTO E che solo e solo allora, me lo dici? se ci ha l'amante che va e viene?
FERDINANDO Ma non è l'amante, è la moglie!
LA GIOVANE La moglie che va e viene?
FERDINANDO È venuta per qualche giorno, e ora se ne riparte.
LA VECCHIA ZIA Perché non sta con lui?
FERDINANDO Sta fuori.
LA GIOVANE (*con un riso sguajato*) Ho capito! Ce l'avrà lei allora, l'amante.
LA VECCHIA ZIA E come? e lui, il marito?
FERDINANDO Io non so niente. So che la signora, prima di partire, vorrebbe lasciar qua per il governo della casa una donna... ma...
LA GIOVANE (*subito, facendogli il verso*) Ineccepibile!

E scoppia di nuovo a ridere, c. s.

FERDINANDO Posata... anziana...
TOTO (*afferrando con una mano e tirando a Ferdinando il bavero dalla marsina*) Per tua regola, quando sull'avviso si mette come ci sta scritto qua...

S'interrompe e lo guarda negli occhi.

Ci siamo intesi!

Poi, subito, rivolgendosi alla Giovane e tirandosela via con sé:

Andiamo via!

Escono tutt'e due per il cancello.

LA VECCHIA ZIA Eh già. Se prima mettono una cosa, e poi ne vien fuori un'altra...
FERDINANDO Ma no!

Piano, con uno sguardo d'intelligenza:

Si capisce che cosa cercavano quei due là, lei per un verso e lui per l'altro. Ma voi entrate. La signora starà poco a venire. Voi mi sembrate adatta.
LA VECCHIA ZIA Io? Ma che! Non mi metto mica a servizio io...
FERDINANDO (*squadrando la Nipote*) Ah, è allora per...
LA VECCHIA ZIA Per questa mia nipote qua, buona come il pane.
LA NIPOTE (*con gli occhi bassi*) Già... ma se c'è la signora...
FERDINANDO (*spazientito*) Oh, insomma, entrate, se volete, e come verrà la signora, ve l'intenderete con lei.

Suona di nuovo il campanello del cancello.

FERDINANDO (*accorrendo ad aprire e indicando l'entrata della villa alle due donne*) Di là, di là...
LA VECCHIA ZIA (*alla Nipote*) Vediamo prima che signora è...

Si dirigono verso il portone aperto della villa, a sinistra, ed escono.

Ferdinando intanto apre il cancello, ed entra l'avvocato

Giorgio Armelli: media statura, piuttosto grasso; sessant'anni; capelli bianchi, corti, tagliati rigorosamente a spazzola; viso acceso, occhietti acuti, baffi neri, insegati e ritinti, ritinte anche le sopracciglia; tiene sempre rigida la nuca, come per un torcicollo fisso; è compitissimo, elegantissimo, parla piano, spiccando tutte le sillabe e porgendo quasi a una a una le parole con l'accompagnamento d'un gesto delle dita a chiocciolino.

FERDINANDO Scusi, il signore?

ARMELLI Sono l'avvocato Giorgio Armelli. Vengo da Firenze. Vorrei parlare con la signora Lina.

FERDINANDO La signora Lina? Non sta mica qui.

ARMELLI Come non sta qui?

FERDINANDO Qui non ci sta nessuna signora Lina.

ARMELLI Ma come? Non è la casa del signor Morli, questa?

FERDINANDO Sissignore.

ARMELLI E dunque! La signora si chiama Lina.

FERDINANDO No, sa. La signora qua si chiama Eva.

ARMELLI Lina! Lina! Volete insegnarlo a me?

FERDINANDO Potrei giurare, signore, d'averla sentita chiamare sempre Eva dal marito.

ARMELLI Ah! Ho capito. Perché veramente... sì sì... Evelina, ecco, si chiama Evelina... Si vede che il marito ne avrà presa la prima parte, e la chiama Eva. Noi a Firenze la chiamiamo signora Lina.

FERDINANDO Scusi; io non sapevo...

ARMELLI Chiarito l'equivoco – basta! – E così, dunque?

FERDINANDO Per il momento la signora non è in casa.

ARMELLI (*meravigliato*) Ah no? E come? Col figlio...

Rimane in sospeso e costernato.

FERDINANDO (*interpretando a suo modo la sospensione*) Sissignore, col figlio e il marito; sono usciti per una passeggiata a cavallo.

ARMELLI (*strabiliando, a due riprese*)   Una passeggiata? – A cavallo?
FERDINANDO   Sissignore.
ARMELLI (*c. s., a tre riprese*)   La signora Lina? – A cavallo? – E col figlio?
FERDINANDO (*col viso di chi non capisce il perché di tanto stupore risponde naturalmente*)   E il marito, sissignore.
ARMELLI   Ma dunque, perfettamente guarito?
FERDINANDO   Scusi, chi, guarito?
ARMELLI   Come, chi? Il figlio!
FERDINANDO   Ma non è stato mai malato, ch'io sappia.
ARMELLI (*cascando dalle nuvole*)   Come come? Non è stato mai malato, il figlio? anzi, gravissimo? quasi per morire?
FERDINANDO   Da che ci sto io, no, signore; e sono a momenti due mesi. Vispo come un grillo.
ARMELLI   Ah, ma dunque? Dio mio... Arrivò, otto giorni or sono, a Firenze un telegramma che dava il figlio quasi per ispacciato dai medici; per cui la madre è accorsa qua... – E noi che s'è stati in tanta costernazione, senza nessuna risposta ai nostri telegrammi...
FERDINANDO   Ah, ecco, per questo! Sissignore; ne sono arrivati tanti, di questi giorni! Un diluvio!
ARMELLI   Ma sì, Dio mio, costernatissimi! Vi dico che voleva venir con me perfino mia moglie! – Ma allora... allora hanno fatto finta... per attirare qua la madre? Non so... non capisco però, come la signora Lina...
FERDINANDO   Eh, caro signore...
ARMELLI   Indignatissima, mi figuro! Sfido! Se sono scherzi da fare a una madre!

Voltandosi di scatto, come se Ferdinando avesse parlato:

Che?
FERDINANDO   Mah! Ne combinano! Ne combinano!
ARMELLI   Padre e figlio?

FERDINANDO Mai fermi un momento!
ARMELLI E la signora?
FERDINANDO Eh... sa, direi che... anche lei...
ARMELLI Ah sì? Sbalordisco... Perché...

E resta tutt'a un tratto in tronco.

FERDINANDO (*per rimediare*) Mi fa piacere, sa, vederli così, sempre allegri...
ARMELLI Ah; lo credo, lo credo. – E allora... allora non dite niente, mi raccomando, di questa mia visita; per non guastar la loro allegria. Corro io, adesso, a spedire un telegramma d'urgenza per tranquillar tutti a Firenze; e ritornerò più tardi per parlare con la signora.
FERDINANDO (*esitante*) Non debbo avvertire...?
ARMELLI No, no. Anche nel vostro interesse, perché forse la signora non voleva si sapesse che il figlio non è stato mai malato, essendosi trattenuta qua una settimana...
FERDINANDO Già; ma io non sapevo...
ARMELLI (*per troncare, accomodante*) Lasciamo le cose come sono; come se io non fossi venuto. Ritornerò più tardi, nuovo di tutto. Fidatevi.

Entra a questo punto dal cancello rimasto aperto la Signora vedova, sui trentacinque anni, in gramaglie.

SIGNORA VEDOVA Permesso?
ARMELLI (*avviandosi, a Ferdinando*) Siamo intesi, eh? Addio.

Salutando Ferdinando con la mano, esce dal cancello.

FERDINANDO (*seccatissimo, quasi sgarbato*) Viene per l'avviso del giornale, signora?
SIGNORA VEDOVA Sono una povera vedova...
FERDINANDO Va bene, scusi. Favorisca dentro.

Indica il portone della villa.

Ce n'è altre quattro che aspettano. Creda che io non ne posso più!
SIGNORA VEDOVA   Ma è solo, veda, per la mia sventura che io...
FERDINANDO (*sbrigativo*)   Lo credo, lo credo. Parlerà con la signora. S'accomodi di là.
SIGNORA VEDOVA (*si porta invece il fazzoletto listato di nero agli occhi e si mette a piangere con impeto, ma silenziosamente; poi dice*)   Da appena un mese...
FERDINANDO (*un po' pentito per lo sgarbo usatole*)   Il marito?
SIGNORA VEDOVA   Che mi voleva tanto bene!
FERDINANDO   Eh, disgrazie... – Sa però, se lei piange così, signora, non credo che questa sia una casa per lei. Gliel'avverto.
SIGNORA VEDOVA   Ecco, volevo appunto qualche notizia. Il signore è forse vedovo anche lui?
FERDINANDO   Che! Ha moglie. Moglie e un figliuolo. Ma la moglie sta a Firenze.

Piano in confidenza:

Sa... pasticci!
SIGNORA VEDOVA   E che età ha?
FERDINANDO   La signora?
SIGNORA VEDOVA   No, lui.
FERDINANDO   Mah... tra i quaranta e i cinquanta...
SIGNORA VEDOVA   Ah, dunque... ancora...
FERDINANDO   Che cosa?
SIGNORA VEDOVA   Non tanto vecchio...
FERDINANDO (*che ha capito l'antifona*)   Signora, io debbo apparecchiare qua per il tè.

Vengono dal fondo a sinistra le voci e le risate di Ferrante Morli, d'Evelina e di Aldo che ritornano dalla

*passeggiata a cavallo, e sono entrati nel giardino dalla
parte della rimessa.*

Vada, vada. Ecco che giungono. –

Indicando la villa:

Di là, dove aspettano le altre...

*Ferrante Morli e Aldo, che hanno intrecciato le mani a
seggiolino per sorreggervi su Evelina, entrano rumorosamente dal fondo a sinistra, tutti e tre **in** costume da
cavalcare. A Evelina, da tanti anni non più abituata a
montare a cavallo, s'è intorpidita una gamba. Ella ha
una amazzone nuova, con* redingote *di panno marrone
molto sciallata a un sol bottone, alta fin sopra il ginocchio, calzoncini aderenti di stoffa scozzese, abbottonati
da un lato e gambali. Durante la scena seguente Ferdinando uscirà parecchie volte dalla scena e vi rientrerà,
sempre attraverso il portone della villa, intento ad apparecchiare in giardino il tavolino per il tè.*

EVELINA (*sorretta a sedere sulle mani di Ferrante e di Aldo,
 tenendosi con le braccia appoggiata a entrambi*) Ma no!
 Giù! Che fate! Giù! giù!
ALDO No! così, così!
FERRANTE In trionfo! in trionfo!
EVELINA Qua! qua! basta! giù! Fatemi scendere!

Scende e si prova a poggiare a terra il piede.

FERRANTE È passato?
EVELINA (*subito*) Ah!

E solleva il piede.

No... Dio! mi formicola... mi formicola...

ALDO Siedi; siedi...
FERRANTE No, meglio in piedi... Così, guarda; àlzati, àlzati e premi sulla punta dei piedi!
EVELINA Ma no, non posso! non me lo sento più, il piede!
FERRANTE Da' ascolto a me! Ti reggo io...

La regge. Evelina prova a rizzarsi sulla punta dei piedi.

Così... così...
ALDO Ti passa? – ti passa?
EVELINA (*ridendo nervosamente*) Sì... sì...
FERRANTE Vedi? – Ah, il mio *cau-bòi*! A che siamo ridotti!
EVELINA Sfido! dopo tant'anni che non monto più a cavallo!
FERRANTE (*ad Aldo*) L'avessi vista sul suo «*jumper*» (*pronunziare giùmpeur*). Tutt'una con esso! Che salti!
EVELINA Basta, basta! Per carità, basta, Dio mio! Sono come ubriaca... Basta, di pazzie, ora!
ALDO Ma che basta!
EVELINA No, no, basta! basta!
FERRANTE Lasciamola dire! Diceva così anche prima! E sai in che modo buffo, venendomi avanti con certi occhi da bambina spaventata e scotendo il dito... Come dicevi?
EVELINA (*ripetendo con grazia fuggevole l'antico modo, quasi bambinesco, ma con aria di volerne subito profittare richiamandosi a un proposito serio*) «Non ci faccio più!» – Ah, ma davvero, sai! Ora basta, ora basta: «non ci faccio più» davvero! – E prima di tutto, via quest'abito!

Accenna d'avviarsi.

ALDO (*subito, trattenendola*) No, no! Resta così, mammina!
EVELINA (*cercando di svincolarsi*) Ma no – via – lasciami!

ALDO (*c. s.*)   No, così... come un maschietto in mezzo a noi...
EVELINA (*impostandosi severamente*)   Aldo! Impertinente!

Ma come Ferrante scoppia a ridere forte, vedendole assumere quell'aria di severità, subito smettendola e fingendo d'esser seccata:

Sì, bravo, ridi...
FERRANTE (*seguitando a ridere*)   Ma sì, abbi pazienza, Iviù! T'ho visto far con la testa...

Le rifà il gesto con cui ha accompagnato il rimprovero del figlio, come se questo gesto gli ricordasse le mossette di lei per i rimproveri che un tempo soleva rivolgere a lui, ed esclama:

Tu non sai come sei tutta, sempre, la stessa!
EVELINA   Sfido!
FERRANTE (*subito, rifacendole anche il modo con cui ha detto «Sfido!»*)   Ecco: «Sfido!» – E l'ha ripetuto già due volte!

Ad Aldo:

– Non sapeva far altro che dirmi «Sfido!».
EVELINA (*involontariamente, tirata dal discorso, ripete*)   Sfido!

Ma subito l'avverte e s'arresta: basta questo, per far prorompere naturalmente quei due in una gran risata; e allora subito ella, per ripigliarsi:

Sì, sì, perché prima era lui a farmi commettere tutte le pazzie, e poi aveva il coraggio di farmele notare, sissignori: che erano pazzie! Io allora, mortificata, gli dicevo: –

Non lo faremo più! – E lui: – Che? Queste sono niente! Vedrai quelle che faremo domani!

Abbassa gli occhi e aggiunge:

E le facevamo davvero.
ALDO (*dopo averla contemplata un pezzo, beato*) Ma sai che per me sei tutta, tutta nuova, mammina? Io ti sto conoscendo adesso! Non t'ho mai veduta così!
EVELINA (*con comico dispetto, facendo gli occhiacci*) Me l'immagino bene, conciata poi in questo modo... – No, via, lasciate che vada a levarmi di così... Peccato! Per una volta sola, una spesa così forte...

Sale i cinque gradini d'invito davanti al portone della villa.

ALDO (*con un sobbalzo*) Che!
FERRANTE (*c. s.*) Per una volta sola?
EVELINA Ah sì! Se aspettate di riprendermici un'altra volta!
FERRANTE E il bajo che resta di là?
EVELINA Potete cominciare a rivenderlo...

Poi con tono d'ammonimento a Ferrante, per richiamarlo alle spese pazze d'una volta, che determinarono la sua rovina:

E ti prego... e ti prego...

Fa per ritirarsi.

FERDINANDO (*dal giardino*) Ci sono di là, signora, parecchie donne venute a profferirsi per governanti...
ALDO (*a precipizio, protestando*) Nonononononò! Niente, mammina, governanti!
FERRANTE Abbasso le governanti!

ALDO Non vogliamo saperne!
FERRANTE Muffa! Muffa da signora Lina!
ALDO Pensieri da mamma Lina! Via! via! via!
EVELINA Ohé, ragazzo. Ma sai che tu m'hai conosciuta sempre da mamma Lina?
ALDO Eh, scusa, l'ho detto io stesso, or ora... Ma a Firenze, non qua, mammina! Qua non ci sta mica, di casa, mamma Lina, né presumerai d'esser quella, ora – vestita così...
EVELINA E perciò vado subito a spogliarmi, e me ne riparto stasera, cari miei!

Scappa via per il portone della villa.

FERRANTE (*a Ferdinando, seccato e risoluto*) Vai, vai a cacciar via tutte quelle donne, e senza farle uscire di qua: non voglio neanche vederle!
FERDINANDO Sapesse che roba!

Fa per avviarsi a eseguire l'ordine.

FERRANTE Via! via!

E come Ferdinando esce:

Senti, Aldo. Seriamente. Bisogna ch'ella rimanga qua, con noi!
ALDO (*angustiato di quell'aria risoluta del padre, con un sospiro*) Eh...
FERRANTE (*con sforzo*) No. Bisogna! bisogna!
ALDO Figùrati se lo vorrei anch'io! Ma capirai...
FERRANTE (*subito, fosco e duro*) Capisco solo una cosa io, adesso: che non posso più tollerare, assolutamente, ch'ella ritorni là. Bisogna impedirglielo a ogni costo!
ALDO Ammalandomi di colpo per davvero?
FERRANTE (*con pronta e aspra severità*) Aldo, t'ho detto «seriamente»!

ALDO Ma, papà, se dici seriamente...
FERRANTE Seriissimamente!
ALDO E allora temo, purtroppo, che non verrai a capo di nulla.
FERRANTE Perché ti sembro fatto soltanto per scherzare, io?
ALDO No, papà! – Perché vedo che ti rivolgi a me.
FERRANTE Come a dire, a uno che sa soltanto scherzare?
ALDO Ma no, Dio mio! Ti parlo anch'io adesso seriamente. Vedo... vedo con tanta pena, che tu...
FERRANTE (*interrompendolo, smaniando*) Non dovevo, non dovevo farla venire! – Ma sei stato anche tu! «Per farle prendere una boccata d'aria!»
ALDO Eh già... Per questo soltanto! Credendo che tu ormai...
FERRANTE Ma non vedi, con l'aria che ha preso, con l'aria che ha respirato subito, di nuovo accanto a me...
ALDO Già, sì, è un'altra!
FERRANTE Ma che un'altra! L'ho ritrovata, s'è ritrovata lei stessa, subito, tutta, qua – lei, lei – quella che era prima! Pare a te un'altra! Come era parsa a me là, quando la rividi come una mummia... Fosse venuta quella, mi sarei anch'io divertito «a farle prendere un po' d'aria!». Ma che! S'è avuta per male, lì per lì, di trovarti qua sano; ha fatto un po' l'indignata per la crudeltà dello scherzo; se n'è voluta andare prima all'albergo, ma poi, nel vederci andar via mogi mogi, s'è messa a ridere...
ALDO E io, quando ha riso...
FERRANTE Tu, sì! ma io mi son sentito lacerare tutto, subito, dentro, a quel riso! – Tu non lo sai, come ha riso!
ALDO Ha riso... e poi... ce la siamo portata via.
FERRANTE Ah, caro mio... Ho riso anch'io, guardandoti, come ti ha guardato lei. Ma poi i nostri occhi si sono incontrati; ed è stato uno sgomento (un attimo!) – Sono sicuro, guarda, che tu come sei ora, cresciuto, un giovanotto, non sei stato più niente per lei; come per me – niente; perché, per noi, piccolo, così soltanto, potevi es-

sere in quell'attimo, e non questo che sei. Ho visto nel suo sorriso, dopo che mi guardò, quella stessa momentanea freddezza ch'era nel mio, impacciata, come se tu, così grande, non fossi... non fossi nostro (oh, per un momento, bada!) e noi due, io e lei... – non so dirtelo – divisi – presenti e divisi – come divisi, sì, in due vite distanti e contemporanee, vere tutt'e due e vane tutt'e due nello stesso tempo! – Ora, in questi otto giorni, tu l'hai vista; quella che è stata per tant'anni la tua mamma là, è sparita. Qua è vera quella che conosco io. E questa è mia, è mia; dev'esser mia; non può più ritornare là!

ALDO (*quasi sgomento*) Ma papà, tu così...

FERRANTE (*forte, non ammettendo repliche*) Non posso più tollerarlo!

ALDO Già; ma vuoi...

FERRANTE (*pronto, interrompendo c. s.*) Che rimanga qua assolutamente!

ALDO E l'altra?

FERRANTE (*stordito dalla subita e placida domanda del figlio, che lo arresta*) Che altra?

ALDO Quella di là! Come la conoscevo io; come la conoscono tutti gli altri, là, a Firenze. È vera anche quella, sai, papà!

FERRANTE (*c. s.*) Come, vera? No! Ormai no! Non può, non deve più esser quella!

ALDO E come, papà, se ha pure quell'altra sua vita, là, che tu non puoi cancellare?

FERRANTE (*scrollando furiosamente le spalle*) Ma che vita! che vita!

ALDO Bene o male. Quella che è. Come ha potuto fargliela quel...

FERRANTE (*subito, voltandosi di scatto, furibondo*) Non me lo nominare!

ALDO Oh, papà: un uomo che s'è fumato tutto da sé, piano piano, come un sigaro dolce. È rimasto intero, ma di cenere; che guaj se lo scrolli un po' o se ci soffi sopra appena appena!

FERRANTE   Ah, se lo scrollo! Lo scrollo! lo scrollo! – Ci soffio! ci soffio!

E si mette a passeggiare sulle furie.

ALDO (*quasi tra sé*)   Sarà un bel guajo...
FERRANTE (*vedendolo, si ferma un po', per poi riprendere a passeggiare*)   Sì; contèntati di dire così, tu, e basta...
ALDO   Ma che vuoi che ci faccia io? Non ci ho mica colpa io, papà...
FERRANTE   Lo so! Ma è tempo, sai, che lei sù, la signora, cominci, cominci a riconoscere che la colpa fu anche sua, sua, allora!
ALDO   Ma no, papà, io dico colpa se lei se ne vuol ripartire. Ti rivolgi a me. Io ho potuto farla venire, e avrò fatto male; ho fatto male certamente. Non posso mica trattenerla...

Si ode a questo punto dall'interno del portone la voce di Evelina.

VOCE DI EVELINA   Ferdinando, il tè.
FERRANTE   Eccola! Non posso farmi vedere da lei così agitato.

S'avvia concitatamente verso il fondo e scompare tra gli alberi.

Rientra in iscena poco dopo Evelina, in abito grigio, da viaggio.

EVELINA (*vedendo Aldo ancora in abito da cavaliere*)   Come, e tu ancora così?
ALDO (*confuso, guardandosi l'abito addosso*)   Ah, sì... Mi, sono trattenuto a parlare con papà.
EVELINA   E dove... dov'è andato?
ALDO   Mah... non so, di là...

EVELINA   E non viene a prendere il tè?
ALDO   Credo che... che ne abbia poca voglia, oggi, papà.

Pausa. Evelina lascia cadere, apposta, il discorso. Entra Ferdinando con la tejera e con le paste.

EVELINA   Oh, bravo Ferdinando. Posa qua, posa qua.

Indica il tavolino apparecchiato.

FERDINANDO   Comanda altro?
EVELINA   Nient'altro, grazie.

E come Ferdinando va via, si mette a versare il tè e il latte, prima per Aldo, poi per sé. Dura ancora un po' la pausa. Poi, rivolgendosi ad Aldo, domanda:

Non sarà cambiato, è vero, l'orario delle ferrovie?
ALDO   Te ne vuoi dunque, proprio, ripartire stasera? No, mammina!
EVELINA   Sì, sì, sì!
ALDO   No; almeno stasera, no!
EVELINA   Stasera, stasera...
ALDO   Domani, senti...
EVELINA   Stasera. Basta!
ALDO   Tutto domani, qui; e poi, doman l'altro mattina...
EVELINA   Basta, basta ti dico! È ormai deciso... Ma come sono buone queste paste! Prendine una.
ALDO (*rifiutando, ingrugnato*)   Grazie.

Poi:

Qua, per tua regola, è tutto buono.
EVELINA   Sì. Tranne te.
ALDO   No. Tranne te. Sono appena otto giorni, e...
EVELINA   Avrei dovuto ripartirmene il giorno stesso dell'arrivo, appena scoperta la vostra bella birbonata!

ALDO (*con le mani congiunte e aria e voce di preghiera bambinesca e birichina*) Mammina!
EVELINA Smettila, Aldo!
ALDO Mi sono tanto strapazzato, oggi, a cavallo.
EVELINA Peggio per te!
ALDO Mi fa tanto male il capo!
EVELINA Smettila, ti dico!
ALDO E va bene, vattene! Se poi, appena montata in treno, io mi metto a letto per davvero con la febbre...
EVELINA Oh sai, impostore, ricordati la favola di quello che gridava al lupo! Io non vengo più, bada, neanche se sei davvero ammalato. Ci hai fatto questo bel guadagno!
ALDO (*con la più tranquilla impudenza*) Eh sì... Tu scherzi...
EVELINA (*voltandosi sbalordita*) Io scherzo? Io dico sul serio!
ALDO E intanto questo accadrà sicuramente prestissimo, con la vitaccia americana che facciamo qua, io e papà. Io non ci sono abituato... Senza le cure di nessuno...
EVELINA Ma va' là, impostore, che non sei stato mai così bene come adesso!
ALDO Sì; ma anche tu, sai mammina! Vedessi come stai bene, tu!
EVELINA Via, basta ti dico, Aldo.
ALDO No, via, confessa, confessa, mammina, che tu ti sentiresti maledettamente più felice, qua, con papà!
EVELINA (*balzando in piedi*) Insomma, vuoi che me ne risalga sù?
ALDO Ma non devi neanche credere, sai, come quando sei arrivata, che io abbia ancora quattro anni, oh!
EVELINA (*lo guarda come se cascasse dalle nuvole*) Ma che dici? io? io ho creduto che...?

Siede di nuovo e si mette a ridere.

ALDO Tu, tu, sì, me l'ha detto papà! – Lo sgomento! Un attimo!

EVELINA Io? Ma che dici? Sei impazzito?
ALDO (*caricando burlescamente l'espressione*) Vi siete guardati e – niente! come se io, così cresciuto, un bel giovanotto, non fossi più vostro. Più niente per te; come per lui – più niente!
EVELINA (*un po' smorendo, stupita ma pur sorridente, riconoscendo la verità di quel che realmente, al suo arrivo, guardando il marito, aveva anche lei avvertito in confuso, nel turbamento*) Ma che pazzie...
ALDO (*subito, intuendo*) Mammina, come lo dici! Deve essere stato vero!
EVELINA (*reagendo al suo sentimento*) Follie, follie di tuo padre! – Non è stato vero nient'affatto!
ALDO (*sognante, dopo una breve pausa*) Potessi andare a nascondermi là, dietro quell'albero, e ricomparirvi davanti un cosino... così.. col cerchio e la bacchetta...
EVELINA (*profondamente turbata, sconvolta; non potendone più*) Aldo, Aldo, per carità, basta! basta! Non posso più sentirti parlare!

E si mette a piangere, nascondendosi il volto.

Pausa. Rientra dal fondo Ferrante. Fa segno ad Aldo d'andar via in silenzio: Aldo va via. E allora egli, piano, s'accosta a Evelina. A poco a poco, lentissimamente, a cominciar da questa scena la luce andrà scemando per modo che, alla fine dell'atto, resti soltanto come un ultimo barlume di crepuscolo.

EVELINA (*rialzando il capo, e credendo di parlare ancora a Aldo*) Tu dovresti piuttosto...

vedendo Ferrante, e arrestandosi:

– Ah – dov'è andato?
FERRANTE (*in apparenza calmo, sorridente*) T'ha visto piangere e se n'è andato.

EVELINA (*confusa, imbarazzata dalla presenza di lui, perché non più sicura di sé*) E tu... di dove sei venuto?
FERRANTE Se volevi darmi un po' di tè...
EVELINA Ah... il tè... ma sarà freddo...

E si volta a chiamar verso il portone della villa:

Aldo!
FERRANTE Lo prendo anche freddo... – lascia!
EVELINA (*nell'imbarazzo, volendo dare a intendere che ha chiamato il figlio per un'altra ragione*) No... È, perché... Sono un po' nervosa... Diceva tante sciocchezze... Ma tu dov'eri?
FERRANTE (*freddo, senza dar la minima importanza alla cosa*) Di là. Ho sentito...
EVELINA (*che ha versato il tè nella tazza, porgendolo senza guardarlo*) È proprio freddo, sai..
FERRANTE Non importa...

All'atto di Evelina di prendere il bricco del latte:

No, senza, senza latte...

E dal taschino in alto del panciotto trae una fialetta oblunga e versa alcune gocce del liquido che vi è contenuto premendo col pollice la piccola leva del turacciolo d'argento automatico.

EVELINA (*che è stata a guardare*) E che è?
FERRANTE Gin.
EVELINA Lo porti con te?
FERRANTE L'America!

E accompagna l'esclamazione con un gesto vago della mano.

EVELINA No... Non sta bene... – ti... ti...

Vorrebbe esprimere il suo dispiacere, ma si trattiene.

FERRANTE   Non mi fa niente... Un sorso ogni tanto...

EVELINA   Ma... Dio mio, ad Aldo... ad Aldo no, non lasciar prendere codesto vizio!

FERRANTE   Stai tranquilla. Del resto, non è vizio neanche per me, perché, se voglio...

EVELINA (*con impeto di premura, subito di nuovo trattenuto*) Ecco sì... non... non lo fare...

FERRANTE   Davanti ad Aldo?

EVELINA   No, per te stesso.

FERRANTE   E allora, non perché non voglia più io, ma perché non vuoi tu?

EVELINA (*sempre più imbarazzata*) Dico per te... È proprio un brutto vizio... E ad Aldo, anzi, volevo raccomandare appunto...

FERRANTE   Che invece di dir «quelle sciocchezze», pensasse a farmi un po' da papà?

EVELINA   Ma sì, perché tu spendi, tu spendi enormemente, all'impazzata, di nuovo!

FERRANTE (*sorridendo*) No, no.

EVELINA   Come no! T'ho visto buttar via il danaro... come prima, Dio mio!

FERRANTE   No. Un po' in questi giorni, perché ci sei tu. – «Come prima», dici? – Ma tu, prima, non te ne accorgevi!

EVELINA   È vero, sì! cieca! cieca! – Ma pensa che tu hai ora Aldo con te!

FERRANTE   Oh, se fosse per questo, no! Non pensai che avevo accanto te, allora! Figùrati, se potrebbe trattenermi Aldo adesso! – Ma non dubitare che ora ci penso...

EVELINA   Sul serio?

FERRANTE   Sì, ci penso... – ci penserò, via, se non oggi, domani – ma sai perché? Perché sono di nuovo qua; e mi ci sento, qua, di nuovo... non so, come... – come dovresti sentire anche tu! – come se non fossi mai partito, ecco – e lo avessi, ah perdio, ancora e senza fine, quel danaro –

non questo d'ora! – quello, quello! – quello che, per non averlo allora calcolato, mi distrusse, spezzò la nostra vita... – Ah, ma ora l'ho di nuovo e lo tengo, lo terrò perché mi par di riaverla in pugno con esso, la mia vita – quella, quella di prima! L'ho sentito in questi otto giorni, con te qua... – Stai sicura che non me lo lascerò più sfuggire.

EVELINA (*timida, dolente*) Già; ma io... io...

FERRANTE (*scartando, fosco, estroso*) Te ne vai? E allora che vuoi che me ne importi più?

EVELINA No! Come? E Aldo?

FERRANTE (*con un riso cattivo, e finto sdegno e finta indifferenza*) Aldo?... Aldo, se mai... – In America!

EVELINA Ah, no! Mai! Mai! Questo non devi neanche pensarlo!

FERRANTE Ma no, via, non temere!

EVELINA Me lo dici per spaventarmi?

FERRANTE No, cara. Sarebbe un ricatto. Io non ne faccio. Sai bene che volevo lasciartelo là... Ha voluto venir via lui. – Ripigliarti, trattenerti qua per mezzo del figlio, non lo farò mai. – Sei stata qua otto giorni. Sei venuta per lui. Hai visto come

a bassa voce per la delicatezza del sottinteso:

come ho mantenuto la promessa.

EVELINA (*piano anche lei, senz'ombra di ribellione, come per obbedienza a una necessità*) Me ne sarei ripartita subito!

FERRANTE Sì, e per farti rimanere, dopo questa minaccia, mi sono trattenuto con tutte le forze dell'anima e del corpo! Ma non è possibile, non è possibile, Eva, che tu...

EVELINA (*interrompe, di nuovo timida, su le spine*) No, no... basta... Che dici, ora?... basta...

FERRANTE Dico che, dopo questi otto giorni di festa, di... di quella nostra antica festa, non è possibile che tu, chiudendoti la notte, nella tua stanza, sola –

Pigia su la parola «sola» e le battute seguenti saranno intercalate da tutti e due nel discorso, rapidamente; come per non toccarsi.

EVELINA (*subito a occhi bassi*) – ma certo! –
FERRANTE (*pigiando*) – e a chiave! –
EVELINA (*c.s.*) – a chiave, sì –
FERRANTE – non abbia pensato, che ti era accanto –
EVELINA – no, no –
FERRANTE – eh via, sii sincera! – Fui tuo marito! – E tu tremi tutta –
EVELINA (*subito*) No!
FERRANTE Come no?
EVELINA No... scòstati... smetti, Dio mio! non mi tormentare!
FERRANTE Ma dunque vedi che è vero?
EVELINA E che pretendi, se è vero? Ragione di più per ripartirmene, se mai – per me e per te!
FERRANTE Per me? No! come?
EVELINA Ma sì! Anche per te... Perché io...

e non sa più come proseguire.

FERRANTE (*incalzando*) Perché tu? Che vuoi dire?
EVELINA (*con grazia da innamorata, ma un po' ambigua, da potersi anche interpretare come un espediente di estrema difesa*) Vorrei poter venire ancora qua...
FERRANTE E come? Così?
EVELINA (*subito*) Ah, per Aldo!
FERRANTE Per Aldo! – Grazie! – Non per me!
EVELINA (*con la grazia di prima*) Anche per te; ma... così...
FERRANTE Grazie tante! Ah, grazie tante, così! Che vuoi che mi importi di mio figlio, se vieni per lui? Verrà lui da te! – Così non voglio più io allora!
EVELINA (*sempre con quel suo giuoco di grazia*) Dovresti capire, che non sarebbe possibile altrimenti.

FERRANTE Ma perché? Se è vero che tu mi vuoi ancora bene?
EVELINA (*pronta, interrompendo*) Appunto perché è vero!
FERRANTE E vuoi che ti lasci ripartire, che ti lasci ritornare là, se mi dici che è vero? No! no!

fa per abbracciarla.

EVELINA No, lasciami... lasciami... Qua con te potrei esser di nuovo soltanto una folle!
FERRANTE Ma sì! ma sì! Com'io ti voglio! La mia piccola folle d'allora!
EVELINA E ti par possibile?
FERRANTE Perché no?
EVELINA Perché non sono più quella, da tanti anni...
FERRANTE E in questi otto giorni qua, come sei stata?
EVELINA Ah così... per otto giorni... Può sempre, in qualche momento, a una donna non brutta capitare...

e lascia il discorso in sospeso.

FERRANTE (*spingendola a dire*) Capitare, che cosa?
EVELINA Che so! Di vedersi guardata da qualcuno con una strana insistenza... e, colta all'improvviso, turbarsene; sentendosi ancora bella, compiacersene... Si può, senza che paja di commettere una colpa, in quell'istante di turbamento o di compiacenza, carezzar col pensiero dentro di sé quel desiderio suscitato; immaginare... così, come in sogno, un'altra vita, un altro amore... Ma poi... basta! La vista delle cose attorno, un minimo richiamo della realtà...
FERRANTE Ma non è anche questa, non è anche questa una realtà per te?
EVELINA No... sono come... non so...
FERRANTE Perché non vuoi toccarlo qua, in me, in te stessa, il tuo sentimento...
EVELINA Sono come lontana... lontana...

FERRANTE No! Tu devi essere qua!
EVELINA Non posso... non posso...
FERRANTE Mia! Mia! Mia!
EVELINA No, Ferrante – via! Basta... Ajutami, Dio mio! Intendendo che io debbo pure – debbo – poter tornare là!
FERRANTE E perché, là, sì? – Tu hai pure qua tuo figlio! E io sono tuo marito!
EVELINA Ah, ma non è la stessa cosa...
FERRANTE Come non è?
EVELINA Non è! Prima di tutto perché... guarda! – se io restassi qua con te – (e dovrei per forza restare, perché certo non potrei più, allora, ritornare là – tu lo intendi!) – ebbene, perderei per sempre ogni diritto di rivedere mia figlia. E sarebbe per me impossibile! – Poi, per me stessa..
FERRANTE Per lui, vuoi dire!
EVELINA (*subito, con sforzo*) Ma non per lui! – Per te, anzi!
FERRANTE (*scrollando le spalle*) Ma via... ma via...
EVELINA (*c. s.*) Sì, sì, per te! per te e per me! Perché non potrei più dire – lo capisci – che vengo qua per Aldo, perché verrei, invece, realmente, per te! Mentre tu puoi esser sicuro che là vado solo perché c'è mia figlia...
FERRANTE Bello! Ah, un bellissimo ragionamento codesto! Grazie! Là dove andresti soltanto per poter rivedere tua figlia, là, sì! E qua, invece, dove verresti...
EVELINA (*subito, ostinata*) Per te...
FERRANTE (*compiendo la frase*) No!
EVELINA (*c. s.*) No! – precisamente; – no! E non deve sembrarti soltanto un ragionamento, perché credi che è anche il mio sentimento, ed è sincero! Pensa che c'è pure mia figlia là!
FERRANTE Va bene; e Aldo, qua.
EVELINA Aldo... – Tu non puoi intenderlo, non puoi intenderlo, perché soltanto una donna – questo – lo può intendere. – Io sento che ci sei tu, in Aldo, nel mio amore per Aldo; mentre mia figlia, là, la sento sola! Ecco.

FERRANTE   E perché è così, vuoi ora ritornare da quell'altro?
EVELINA   Ma non che voglia! debbo! – È una necessità, che non è dipesa solo da me. L'hai riconosciuta tu stesso, santo Dio, ritornando; e anche accettata.
FERRANTE   Finché non sapevo...
EVELINA (*subito troncando*)   Che cosa? Non mi forzerai a dire... Non posso mica dirti che cosa io sento là... Io debbo più, più che la gratitudine a chi m'ha difesa, protetta, salvata dalla disperazione in cui ero caduta per te, senza mai approfittare del mio stato, con una devozione...
FERRANTE   Basta! basta! basta!
EVELINA   No! È bene che tu lo sappia!
FERRANTE   Ma me le ha decantate lui, non dubitare, tutte le sue benemerenze! – Non capisco però, come avendo tanta... tanta vita, quanta in questi giorni hai saputo ritrovarne in te – ti sia potuta acconciare a vivere là... con quello...
EVELINA   Ma no, che c'entra! – Qua, con te... con questa vita senza né capo né coda... sfido! – Là, una vita tranquilla... Non ho mai neppur pensato di poterne avere un'altra. Ho tanto da fare, da badare... Qua dài tu, tutto. Là do io; e ho la soddisfazione di farla io, agli altri, la vita...
FERRANTE   Negandola a me! Perché a chi la darò più, io, la vita, se tu te ne vai?
EVELINA (*con slancio, posandogli le mani sulle spalle*)   Ma a me, a me, come l'hai data sempre anche quando non c'eri! – Tutta la vita – tutta la vita, che mi veniva da Aldo, perché era tuo – la tua vita! – Séguita a darla a lui, qua, e sarà come se la dessi anche a me!

Troncando, perché vede Aldo sulla soglia del portone della villa.

Dalla soglia della villa Aldo, sporgendo il capo, domanda:

ALDO Pace?
EVELINA Pace, pace... sì.
ALDO (*balzando sulla scena e correndo a Evelina*) Ah! Dunque resti? Viva la mammina!
EVELINA No... Parto...
ALDO Ma che partire più! Come parti, se hai fatto pace?
EVELINA Ma parto anzi per questo; perché ci siamo intesi!
ALDO No, no, senti, almeno fino a domani!
EVELINA Ma se ho tutto pronto sù per la partenza!
ALDO E tu lascialo pronto! – Via, sì – concesso! concesso!
FERRANTE Niente affatto. Non ci siamo intesi. Non è vero! – Parte. E se vuoi partire anche tu con lei... Sono stato un pazzo, un pazzo a ritornare. Ero riuscito così bene a strapparmelo dal petto il cuore e a calpestarlo, così, sotto il piede. Nossignori! Sono ritornato...

Con esasperazione, quasi gridando:

Non posso vedervi insieme! Ecco – eravate voi due... C'ero anch'io con voi, quando tu eri, così, piccino... Ora voi potete stare insieme – e io no, ne sono fuori! Perché lei deve poter ritornare là! Ebbene, ritorni là! ritorni là!

Silenzio – lunga pausa. – Ma a questo scatto di disperata passione, Evelina, sentendosi tutta sconvolgere, reclina il capo e si mette a piangere. – Aldo le si accosta, le pone una mano sulla spalla, si china verso lei e non osa dir nulla. Ferrante – che s'è allontanato un po' in fondo al giardino passeggiando – riesce a riprendersi, a dominarsi, s'accosta anche lui ad Evelina e le dice:

No, Eva... sù, non voglio che tu pianga qua... Basta... Io, capisco, capisco... Ma alla vita che puoi avere qua, che hai ancora in te – e l'hai dimostrato, l'hai dimostrato in questi giorni, – bada che io non voglio rinunziare.

EVELINA Ah no! Non più! non più, adesso!
FERRANTE Come non più? io voglio!
EVELINA Ma io lo dico per te.
FERRANTE Non pensare a me. Ci stordiremo!
EVELINA No... no.
FERRANTE Sono gli unici istanti di vita che posso ancora darti... Figùrati se ci rinunzio! Sù via, sù Aldo, a noi!

Prendono l'uno e l'altro Evelina per le braccia.

EVELINA No, lasciatemi...
FERRANTE Qua, Eva non deve pensare. E quando tu sarai stanca là, d'essere mamma Lina: voglio, voglio, intendi, che ritorni ad essere qua la mia piccola, la mia piccola Eva folle. – Non per me, per te sola... – Basta... sù... sù...
EVELINA Ma no... dove?
FERRANTE Ma al solito...
ALDO Già! La volata, mammina!

Indica l'altalena:

Non abbiamo fatto oggi la volata. Ma resta inteso che tu non parti più per stasera – almeno questo sì! concesso... concesso!... Tutto domani e poi basta!
EVELINA E poi basta! Badate!
ALDO Sì, sì grazie, grazie, mammina; tutto domani, e poi basta! – Concertiamo subito subito una bella pazzia per stasera? – Sù, mammina, vieni, vieni!

La tira col padre per la mano verso l'altalena in fondo.

EVELINA Ma no! ma no...
ALDO Qua, sull'altalena....
EVELINA Ma no...
ALDO Sì, sì...

La fa montare.

Perché ti venga una bella idea volante, mammina!

La spinge.

Sù... oplà... là...

Suona il campanello al cancello. Ferrante, rimasto fosco e taciturno sul davanti della scena, si volta al suono, e poiché è lì presso, e vede davanti al cancello un signore, si reca ad aprire. Si fa avanti l'avvocato Giorgio Armelli.

FERRANTE Desidera?
ARMELLI Sono l'avvocato Giorgio Armelli... Vengo da Firenze.
EVELINA (*voltandosi dall'altalena e scorgendolo*) Ah, Dio... Ferma, ferma, Aldo... – C'è l'avvocato!
ARMELLI (*vedendola andare sull'altalena*) Uh... Dio mio... Signora Lina!
ALDO Oh guarda, l'avvocato!
EVELINA Ma, Aldo, ti dico ferma!
ALDO Ecco, mamma... Tieni conto che m'alzo adesso dal letto...

Fingendosi convalescente, debolissimo, riesce a fermar l'altalena.

Ecco, scendi...
EVELINA (*riassumendo, come può, tutta la sua aria di dignitosa signora*) Mi scusi tanto, avvocato!
ARMELLI Ma no... di che?
EVELINA (*indicando Aldo*) Lei sa com'è matto... Ha voluto farmi provare...

indica l'altalena.

ALDO E metta che sono ancora debolissimo! Posso ben dire d'averla scampata bella, caro avvocato!

ARMELLI Mi... mi congratulo...
EVELINA Segga, segga, avvocato.
ARMELLI No, grazie. Ho di là la carrozza...

indica fuori del cancello.

Me ne riparto tra un'ora per Firenze.

Poi imbarazzato, perché non è stato ancora presentato a Ferrante:

Ma io... veramente...
EVELINA Ah, già, scusi...

Presentando:

L'avvocato Giorgio Armelli – mio... mio marito, Ferrante Morli.
FERRANTE (*con un riso poco invitante*) Il socio?
ARMELLI Sissignore... Da tanti anni, socio dell'avvocato Lello Carpani. – Fortunatissimo, signor Morli.
EVELINA E sarà venuto per affari professionali, m'immagino, avvocato...
ARMELLI No, ecco... No, e sì – veramente... Avevo un affaruccio da sbrigare e l'ho sbrigato. Venivo per prendere notizie e anche per darne, perché – lei può immaginarsi – siamo stati tutti, là, in gran pensiero.
FERRANTE E si figuri noi qua, caro signore!
ARMELLI Ah, lo credo, lo credo... Ma vedo che, grazie a Dio, Aldino, adesso...
ALDO Ah no, sa! Non sto mica ancora bene, io...
ARMELLI Eh, ma, via – puoi contentarti... Mentre... ecco, a Firenze... a Firenze, corrono anche là per i ragazzi certe malattie...
ALDO (*scoppia in una gran risata*).
EVELINA (*in tono di rimprovero*) Ma, Aldo!
ALDO (*ridendo sempre*) E non capisci, mamma, che co-

sa viene a dirti? Che s'è ammalata la Titti, adesso, a Firenze!

E séguita a ridere, a ridere, comunicando il riso a Ferrante e poi anche ad Evelina, per quanto lei forse non voglia.

EVELINA (*mentre la risata involontaria le muore sulle labbra*) Anche la Titti là adesso?
ARMELLI (*rimasto imbarazzato, mortificato, tentando di sostenersi*) No, ecco... veramente...
EVELINA (*per scusare il figlio*) Lei vede bene, avvocato, che questo briccone qua...

indica Aldo, sottintendendo «Non è stato mai malato».

ARMELLI Già, ma io, ecco... posso assicurare...
ALDO (*subito sopraffacendolo con voce goffa*) Ma sì! Malattiacce, malattiacce, caro avvocato, che sogliono venire ai figli, quando la mamma è lontana.
ARMELLI Già, sì...
ALDO E sa come si chiamano? «Mammanconìe».
EVELINA Vede che bel tipo, avvocato?
ALDO No, scusa! Un bel tipo anche lui, allora, se si serve dello stesso mezzo!
FERRANTE Eh, mi pare!
ARMELLI Ma no, scusi... È che propriamente...
EVELINA (*subito*) Dio mio, avvocato, lei non mi vuol dire che la Titti è ammalata davvero?
ARMELLI No, no... È che chiede, chiede molto di lei, ecco! Si sa, la mamma...
ALDO Ecco, dunque, vede? «Mammanconìa». Dica così.
EVELINA Sì, Aldo, ma per concludere allora, ch'io me ne debbo ripartire subito – ora stesso!
ALDO No!
EVELINA Sì!
ALDO Se la Titti non ha niente...

EVELINA (*rivolgendosi recisamente all'Armelli*) Ha detto che ha fuori la vettura, avvocato?
ALDO Avevi promesso...
EVELINA Basta, Aldo.

Ad Armelli:

Vengo subito con lei. Avevo già deciso di partire questa sera. Ho tutto pronto sù. M'aspetti un momento.

Via di fretta per il portone della villa.

ARMELLI Ecco... veramente la ragazza...
ALDO Ammalata?
ARMELLI Ha avuto una febbretta due giorni fa.
ALDO Ma passata adesso?
ARMELLI Sì, passata... Ma mia moglie la tiene a letto per precauzione.
FERRANTE Per carità, non la turbino senza ragione... Non le dica nulla durante il viaggio, la prego, di questa febbretta già passata...
ARMELLI No, no, stia sicuro... nulla!
ALDO Scommetto, avvocato, che non è neanche vero che la Titti la chiede così molto, come ha detto lei.
ARMELLI Ah, no! per questo ti posso assicurare...
ALDO Ma non fino al punto che la mamma non possa star qui neanche per un altro giorno... Guardi, avvocato, andremo tutti e quattro a cena questa sera. Venga, venga con noi!
ARMELLI Ma che! No, non è possibile!

Sopravviene Evelina pronta per partire, seguita da Ferdinando che attraversando la scena recherà la borsa da viaggio alla carrozza che si suppone fuori del cancello.

EVELINA Che cos'è?
ALDO Senti, mamma, l'avvocato dice che non c'è da avere

tanta fretta, e che vorrebbe venire, dice, a cena con noi, fuori, questa sera...
ARMELLI Ma no! io?
ALDO Come no! Lei...
ARMELLI Ma se ho preso finanche il biglietto per partire, figliuolo mio! Impossibile!
EVELINA Non gli dia retta. Non dia retta a questo matto, avvocato. Andiamo, andiamo...

A un pensiero che le sovviene improvviso:

Ah senti, Aldo... Un momento, scusi, avvocato.

E tirandosi Aldo in disparte:

Ho visto nella valigia una gran confusione... certe... sì, pazzie... che tuo padre ha voluto comperare per forza... Non posso portarmele là... A levarle non facevo a tempo. Lascio tutto. Le leverai tu, e mi spedirai la valigia domani. Mi porto solo la borsa da viaggio.
ALDO Sì, sì. Brava! Così resta qua la roba ad aspettarti, mammina!
EVELINA Ah, no, caro! Adesso t'aspetto io a Firenze.
ALDO Che! Non finisce il mese che sono di nuovo ammalato.
EVELINA Eh, no – basta... Con questo gancio non mi tiri più, sai!
ALDO Eh, ma ne abbiamo tanti altri! Guarda!

rivolgendosi a Ferrante:

Papà, tu quando hai detto che partirai?
FERRANTE Io?
ALDO Ma sì, per quel viaggio che mi hai detto che devi fare in Spagna... per le piriti... non so...
FERRANTE Ah sì! Ai primi del mese venturo forse...
ALDO Capisci, mamma? Resterò solo per una ventina di

giorni. E tu verrai a tenermi compagnia almeno per una settimana! Ecco fatto!
EVELINA Sì, sì... va bene, va bene. Dammi un bacio per ora e lasciami andare, ché l'avvocato ha fretta.

Lo abbraccia e lo bacia.

ALDO L'avrei fatto divertire tanto io stasera, avvocato!
ARMELLI Eh, caro... Tu sei giovane. Addio, addio.
EVELINA (*accostandosi a Ferrante*) Addio, anche a te...
FERRANTE (*piano*) No, a rivederci!
EVELINA Andiamo, avvocato! Addio, Aldo.
ALDO T'accompagno fino alla carrozza.
ARMELLI (*saluta Ferrante che inclina appena il capo*) Tanti ossequii.

Via con Aldo ed Evelina.

Ferrante resta solo nel giardino. Si ode fuori del cancello una cara allegra risata di Evelina, certo per qualche cosa che le avrà detto Aldo. Nel giardino è già quasi sera. Rientra dal cancello prima Ferdinando, che attraversa la scena per riuscire dal portone della villa, poi Aldo.

ALDO Partita...

I due uomini, soli, non sanno più né che cosa dirsi, né che cosa fare. Nella tristezza del barlume crepuscolare, come una bolla che assommi silenziosamente, s'accende il globo di luce elettrica in cima al portone.

Tela

ATTO TERZO

Scena

Stanza di passaggio in casa dell'avvocato Carpani. La comune in fondo. L'uscio laterale a destra dà nella camera del Carpani; quello a sinistra, nella camera di Titti. Quanto all'arredamento, è necessario soltanto un ampio letto a sedere. Gli altri mobili, armadio, cassettone, ecc., diano l'impressione di un interno intimo, agiato. Prime ore del mattino. (Dal secondo al terzo atto passa soltanto una notte.)

Al levarsi della tela sono in iscena Lello, la Signora Armelli e la Signora Tuzzi. Lello passeggia fosco per la stanza. La signora Armelli sulla soglia dell'uscio a sinistra parla, rivolta verso l'interno, a Titti ancora a letto. La signora Tuzzi seduta, quasi sdrajata, sul letto a sedere tiene la testa reclinata sulla spalliera, come una che, avendo vegliato tutta la notte, abbia ora inavvertitamente ceduto al sonno.

SIGNORA ARMELLI (*parlando verso l'interno*) Ma no, ma no, figliuola mia! se mai, più tardi.
LELLO Ps! Piano, piano, signora Lucia...
SIGNORA ARMELLI (*voltandosi*) Perché?

E come Lello le accenna che la signora Tuzzi s'è addormentata:

Ah, poverina, dorme?

Ma poi, come a una minaccia di Titti d'alzarsi dal letto, grida facendo qualche passo verso l'interno:

Insomma, no, Titti! Io non te lo permetto!

E rientra in iscena, richiudendo l'uscio.

LELLO   Ma che cosa vuole, si può sapere?
SIGNORA TUZZI (*svegliandosi al rumore, infastidita*)   Dio mio, che cos'è?
SIGNORA ARMELLI (*rispondendo a Lello*)   Che? Vorrebbe alzarsi a quest'ora!
LELLO   Ma non c'è Miss Write di là?
SIGNORA ARMELLI   Ma sì! Dice che s'è sognata che arrivava

sta per dire la mamma; si trattiene, dice:

lei; e vorrebbe alzarsi...

Alla signora Tuzzi:

Mi dispiace, cara, d'averti svegliata...
SIGNORA TUZZI   Ma no... non dormivo... M'ero un po' appoggiata... così...

Si stropiccia con le mani le braccia, come per freddo.

LELLO   Povera signora, si sarà infreddolita...
SIGNORA TUZZI   Sì... un po'. Fa ancora freddo di notte.
LELLO   Passare una nottata così!
SIGNORA TUZZI   Ma non lo dica nemmeno, caro avvocato! Ho tenuto compagnia a lei, a Lucia...
LELLO   E io le sono proprio grato. Ma ora, guardi, mando giù la Lisa a prendere una vettura, e lei se n'andrà a riposare.
SIGNORA TUZZI   No, no, no...
LELLO   Ma sì – comodamente a casa!
SIGNORA TUZZI   No, guardi; prenderò un caffè, e sarò perfettamente a posto. – Lei piuttosto, avvocato...

SIGNORA ARMELLI Ma gliel'ho già detto tre volte!
SIGNORA TUZZI Vada, vada a riposarsi un momento!
LELLO Ma che! Non posso... non posso...
SIGNORA ARMELLI Come non può! – Col da fare che ha avuto jeri, per giunta; – solo – capisci? nell'assenza di mio marito. – Tutto il peso dello studio addosso...
SIGNORA TUZZI (*scotendo amaramente il capo*) E un simile colpo a tradimento! – Via, via, faccia questo piacere a noi, avvocato!
LELLO Vi assicuro, signore mie, che non potrei.
SIGNORA ARMELLI Si stenda almeno sul letto, per un pajo d'ore!
SIGNORA TUZZI Ecco, anche senza dormire...
LELLO Sarebbe peggio, credano! Non posso neanche star seduto. – Ho bisogno di muovermi... Una smania!
SIGNORA TUZZI Eh, ha ragione!
LELLO Vadano, vadano loro, piuttosto.
SIGNORA ARMELLI (*alla signora Tuzzi*) Tu; se vuoi...
SIGNORA TUZZI Ma no; quando andrai via tu...
SIGNORA ARMELLI Io ho lasciato detto a casa jersera di mandar questa mattina il cameriere alla stazione per avvertire Giorgio, appena arriva, che venga a prendermi qua...
SIGNORA TUZZI Ecco, brava! Così sapremo. Porterà certo qualche notizia... se l'ha veduta...
SIGNORA ARMELLI (*sospirando*) Speriamo!
SIGNORA TUZZI (*a Lello*) E forse – chi sa! – le darà, avvocato, una spiegazione plausibile.
LELLO (*fosco, agitato*) Oh, una spiegazione ci sarà... ci sarà...

E all'improvviso, colto da un capogiro, si porta una mano su gli occhi:

Dio mio...
SIGNORA ARMELLI (*subito, premurosa*) Che cos'è?
SIGNORA TUZZI (*c. s.*) Si sente male?

LELLO Niente... niente... un piccolo capogiro...
SIGNORA ARMELLI Ma vede? ma vede? – Sù! sù! sù! Non le permettiamo più di stare in piedi...
SIGNORA TUZZI Sia buono, via!
SIGNORA ARMELLI Obbedisca, obbedisca – a letto!
LELLO (*lasciandosi portare dalle signore fino all'uscio a destra*) Sì, grazie... sì; un po' di stanchezza... La notte perduta...

Via.

SIGNORA ARMELLI Mi fa una pena! mi fa una pena!
SIGNORA TUZZI (*scotendo il capo con sdegno, con aria di dire: «Che cosa è il mondo!»*) Mah! dopo essere stato così – esemplare...
SIGNORA ARMELLI Esemplare? Eroico!
SIGNORA TUZZI Col suo valore, con la sua posizione, avrebbe potuto costituirsi attorno...
SIGNORA ARMELLI Ma sì, una famiglia, tersa come uno specchio! – Invece, è andato a confondersi con una donna compromessa in... in chi sa che pasticci!
SIGNORA TUZZI Già. Dicono tra l'altro, che il marito...
SIGNORA ARMELLI Sì, se ne dovette scappare! E l'abbandonò col figlio. Capitò qua, in cerca d'un avvocato; scelse lui; lui la vide; se ne innamorò... – Lottare, come ha lottato, pover'uomo, per farla entrare in relazione con la gente per bene – ed essere alla fine compensato così!
SIGNORA TUZZI Io non so! C'era parsa a tutte così... seria, tranquilla...
SIGNORA ARMELLI Oh, senti; lei sostiene che il figlio se n'è voluto andar lui col padre, con la scusa che qua ormai non poteva più stare... – Figùrati che scusa! Noi tutte, amiche, la migliore società, avevamo reso normalissima la situazione e nessuno più, nessuno, trattando con Aldo, stava a pensare che la madre e l'avvocato non fossero marito e moglie; Aldo lo chiamava papà... – Per me non c'è dubbio; dev'essere stata lei! è stata lei!

SIGNORA TUZZI   A indurre il figlio ad andarsene col padre?
SIGNORA ARMELLI   Nessuno me lo leva dalla testa!
SIGNORA TUZZI   Per avere il pretesto di... di fare la spola tra Roma e Firenze?
SIGNORA ARMELLI   Precisamente! – Io non credo, non credo che Aldo...

si corregge:

il figlio, altrimenti, se ne sarebbe andato!
SIGNORA TUZZI   Ma allora può darsi che anche...
SIGNORA ARMELLI   La malattia del figlio, dici?
SIGNORA TUZZI   Sia una commedia concertata.
SIGNORA ARMELLI   Ma sì! Tutti d'accordo, là! – È chiaro, ormai! Scusa, più chiaro di così?
SIGNORA TUZZI (*nauseata*)   Ah! mettere avanti il figlio... – la malattia del figlio, per... – ah! È ributtante!
SIGNORA ARMELLI   Ributtante! ributtante!

Poi, risoluta:

Io non so che decisione prenderà qua lui.

Allude a Lello.

SIGNORA TUZZI   Oh, ma credo che, se è così...
SIGNORA ARMELLI   No sai – è tanto... troppo debole... troppo debole... – per bontà...
SIGNORA TUZZI   Supponi che...
SIGNORA ARMELLI   Ah, ma io, no! – io, basta! – Io, per me, qua, se lui se la tiene, non rimetterò più piede!
SIGNORA TUZZI   Ma figùrati – neanch'io!
SIGNORA ARMELLI   Ma tutte, credo!
SIGNORA TUZZI   Che sciocca, infine! Aver fatto accettare una simile situazione, e perderla, rovinarsi, così, in un momento!

SIGNORA ARMELLI Mi dispiace sinceramente per questo poverino

allude a Lello

che poi, capisci? e anche socio di mio marito. Ma non transigo! Avrà un bel persuadermi Giorgio; – non transigo, non transigo!

Si schiude cautamente l'uscio a sinistra, ed entra Miss Write col suo cappello a cuffia annodato sotto il mento, pronta per andar via.

SIGNORA ARMELLI (*alludendo a Titti*) S'è addormentata?
MISS WRITE Sì, signora.
SIGNORA TUZZI Ah, finalmente!
MISS WRITE Io, signora, adesso – ho pensato, ho pensato – desidero andar via.
SIGNORA ARMELLI Ma no, per carità; adesso, no...
SIGNORA TUZZI Aspetti almeno, prima, che ritorni lei... la signora!
MISS WRITE Ah no, ah no – desidero andare via prima, prima. Adesso.
SIGNORA ARMELLI Dio mio, ma parli almeno con l'avvocato! Adesso è impossibile... È andato a riposare un po'... Abbia pazienza ancora per qualche ora.
MISS WRITE Per qualche ora, sì – bene.
SIGNORA TUZZI E intanto, se non le dispiace, ci faccia portare...
SIGNORA ARMELLI Ah già... sì, da Lisa, la prego... un po' di caffè...
MISS WRITE Caffè. Bene. Farò portare.

Miss Write, via per la comune.

SIGNORA ARMELLI (*subito, in tono di grazioso rimprovero*) Hai avuto troppa fretta, troppa fretta!

SIGNORA TUZZI Io? Ma no... È stata lei! M'assicurò che qua non sarebbe più rimasta, assolutamente!
SIGNORA ARMELLI (*con ammirazione, alludendo alla moralità della governante inglese*) Ma come sono!
SIGNORA TUZZI Proprio assolutamente, ti dico! E allora, vista questa risoluzione irremovibile di licenziarsi, sapendo che la Nori cercava una governante...

Entra dalla comune Lisa con un vassojo e l'occorrente per il caffè.

SIGNORA ARMELLI Oh, ecco – brava, Lisa!
LISA Aspettavo che venissero a prenderlo di là... Avevo apparecchiato anzi per la colazione...
SIGNORA ARMELLI No no, basta una tazza di caffè... Grazie.

Si sente sonare il campanello, lontano.

SIGNORA TUZZI Suonano, mi pare...
SIGNORA ARMELLI (*guardando l'orologio da polso*) Ah, ma forse... – son già le sette e mezzo – può darsi che sia lui, Giorgio...

La Lisa va ad aprire. La signora Armelli verserà intanto il caffè per la signora Tuzzi e per sé.

SIGNORA TUZZI Sentiremo, sentiremo...

Si ode dall'interno la voce di Evelina, ansiosa.

VOCE DI EVELINA Titti! Titti mia! Dov'è la Titti?

Subito la signora Armelli e la signora Tuzzi si turbano, posano le tazze e si irrigidiscono.

SIGNORA TUZZI Ah, eccola!

SIGNORA ARMELLI È arrivata con mio marito! Io allora vado subito via!

Entra Evelina, seguita dall'avvocato Giorgio Armelli.

EVELINA Ah, tu qua, Lucia? Anche lei, signora?

Si spaventa:

Ma dunque? Dio mio!

E si precipita verso la camera di Titti.

SIGNORA ARMELLI (*cercando d'impedirle l'entrata*) No – guarda, è tranquillissima.
EVELINA Lasciami, voglio vederla!
SIGNORA ARMELLI Già, ma dorme...
EVELINA Farò piano... Non la sveglierò...

Evelina entra nella camera di Titti. Subito le due signore corrono a prendere sul cassettone i loro cappelli e se li calcano in capo, chinandosi per guardarsi allo specchio dell'alzata, con movimenti sincroni e uguali.

SIGNORA ARMELLI Andiamo via!
SIGNORA TUZZI Andiamo via!
GIORGIO Non così subito, per carità!
SIGNORA ARMELLI Subito!
SIGNORA TUZZI Subito!
SIGNORA ARMELLI Ci dirai, via facendo...
SIGNORA TUZZI Ci dirà... ci dirà...
GIORGIO Uh... cose! cose!
SIGNORA ARMELLI Ah sì?
SIGNORA TUZZI Ah sì?
SIGNORA ARMELLI E hai il coraggio di dire «non così subito»?
SIGNORA TUZZI Cose indecenti?

GIORGIO Follie... Cavalli... altalena...
SIGNORA ARMELLI Circo equestre! – Andiamo via!
SIGNORA TUZZI Andiamo via!

Le due signore stanno per andar via con Giorgio, quando s'apre l'uscio di destra ed entra Lello Carpani, il quale, vedendoli andar via, chiama, meravigliato, dolente:

LELLO Giorgio!
GIORGIO (*voltandosi*) Oh, Lello... Buon giorno, caro...
LELLO Ma come! Ve ne andate?
SIGNORA ARMELLI Sì, sì, avvocato!
SIGNORA TUZZI È arrivata!
LELLO Arrivata?
GIORGIO Sì, con me... È corsa di là!
LELLO (*alle signore*) E loro... se ne vanno?
SIGNORA ARMELLI Ah sì, mi dispiace, avvocato... ma...
SIGNORA TUZZI Ormai...
LELLO (*a Giorgio*) E anche tu?
GIORGIO Ma io ritorno subito! È... per... sì, per lasciarti in libertà adesso...
SIGNORA ARMELLI Ma certamente! certamente!

Rientra dall'uscio a sinistra Evelina. Si sarà liberata del cappello e del velo da viaggio. Lieta di aver trovato la figlia già guarita, non s'accorge in prima del contegno freddo, ostile, impacciato di tutti e quattro.

EVELINA Ah, niente! M'ero spaventata, vedendovi qua...

Guarda le amiche; le vede col cappello in capo:

Ma come... State per andar via?
SIGNORA ARMELLI Sì. E tengo a dichiarare, che siamo state qua questa notte, non per la bambina già guarita, che non aveva più bisogno di noi – ma per lui!

Indica Lello.

EVELINA (*stordita, volgendosi a Lello*) Per te?

Non capisce e balbetta:

Come... perché?
LELLO (*indispettito nel vederla così, come ignara di tutto*) Ma dopo il telegramma, Lina!

Indica Giorgio.

EVELINA (*più che mai stordita, volgendosi a Giorgio*) Telegramma? Che telegramma?
LELLO (*c. s.*) Che m'annunziava che Aldo non è stato mai malato!
EVELINA (*che non sa di questo telegramma, rivolgendosi di nuovo a Giorgio*) Ah, come! Lei?

Sottintende: «Ha spedito a tradimento questo telegramma?».

GIORGIO (*subito imbarazzato*) Per tranquillare, veda... per tranquillare...
EVELINA Ma io le ho pur spiegato in viaggio...

Dirà questo, sospettando ch'egli abbia perpetrato il tradimento di quel telegramma durante il viaggio.

GIORGIO (*intuendo*) Ma è stato prima! è stato prima!
EVELINA E quando, prima?
GIORGIO Sì... perché, veda... ero venuto jeri alla villa, prima che lei ritornasse dalla sua passeggiata a cavallo

movimento di sorpresa delle due signore e di Lello

e, saputo dal cameriere che Aldo, grazie a Dio...

EVELINA   Ah, ecco... – per tranquillare...
LELLO (*con forza, insorgendo a difesa di Giorgio*) Per tranquillare, sì! Perché noi tutti qua, per otto giorni...
EVELINA (*subito, dolente, affettuosa*) Ma l'ho già detto a lui in treno, Lello! Ti giuro che io non ho visto nessuno, nessuno dei tanti telegrammi spediti da voi, di cui lui mi ha parlato! Vi avrei tranquillato subito io stessa!
LELLO   Te li hanno dunque nascosti?
EVELINA   Certo per trattenermi là con loro, temendo che, se avessi saputo della vostra inquietudine, mi sarei affrettata a ripartire! Ah, ma son sicura che in nessuno di quei telegrammi tu avrai accennato alla disperazione di Titti, perché non posso credere che Aldo mi avrebbe tenuto nascosto anche questo! Ti prego di dirmelo! È vero?
LELLO   È vero, sì! Ma perché abbiamo creduto che lui, là, stesse, a dir poco, per morire! Darti l'annunzio che qua la Titti piangeva per te – metterti come tra due fuochi – c'è parso troppo... Tanto più che qua, per lei

allude alla Titti:

c'erano queste buone amiche, che non si son mica divertite, sai?
SIGNORA ARMELLI   Basta, la prego, avvocato...
SIGNORA TUZZI   Queste son cose...
SIGNORA ARMELLI   Sì, ecco – che vi direte tra voi. Noi non dobbiamo, né vogliamo più entrarci.

Ostentatamente, rivolgendosi soltanto a Lello:

A rivederla, avvocato!
EVELINA   Ma lo sono stata, infine, in compagnia di mio figlio, che non vedevo più da circa due mesi!
SIGNORA ARMELLI (*con uno scatto d'indignazione*) Ah, via...

Rivolgendosi alla signora Tuzzi:

Andiamocene, andiamocene!
SIGNORA TUZZI Sì, ecco, è troppo...
EVELINA Ve ne indignate? Anche tu, Lucia?
SIGNORA ARMELLI (*fremente, contenendosi a stento*) Ma sì, cara! Il figlio...

atto di nausea:

– ah! Avrei almeno il pudore di non nominarlo, ecco!
EVELINA (*con scatto spontaneo, sbalordita*) Tu? Mio figlio? E dici il pudore? Ma Lucia!
SIGNORA ARMELLI (*facendosi torbida*) Che?
EVELINA (*subito, sorridente, calma, arguta*) No, niente, cara! – Ti faccio soltanto osservare che, anche per tutto il peggio che tu possa sospettare, io – dopo tutto – sto tornando, mi pare, dalla casa di mio marito.
SIGNORA ARMELLI Ah, basta, basta, via! andiamo! Via, via, Giorgio! Andiamo!

La signora Armelli, via, con la signora Tuzzi e con Giorgio.

EVELINA (*piano, quasi più stupita che sdegnata*) Oh guarda. Sono proprio indignate.
LELLO (*macerato dalla bile*) E te ne meravigli? Ma ti pare davvero una scusa che ritorni dalla casa di tuo marito?
EVELINA (*di scatto*) Ah sì! Per loro, sì! Perché la signora Lucia Armelli (l'altra, non lo so), ma la signora Lucia Armelli, quando ritorna in casa, non lo può mica dire, sai? a suo marito, dove è stata.
LELLO Ma lascia star quella! Voglio sapere che cosa puoi dire tu, ora, a me!
EVELINA (*offesa, ma fors'anche più addolorata che offesa, lo guarda un po'; poi si passa una mano sulla fronte e dice, stanca*) No, per carità. Così, no, Lello.
LELLO (*investendola*) No? Come no? – Chiaro! chiaro! – Voglio che tu mi risponda! – E chiaro!

EVELINA (*c. s. ma con più recisione*) Oh Dio, ti prego! Lello, per te stesso!
LELLO (*c. s. più violento*) Ma io voglio sapere! Ho diritto di sapere! Lo sai quello che hai fatto?
EVELINA Lo so. Mi sono trattenuta là otto giorni.
LELLO (*la guarda e vedendola così placida e semplice, quasi si sente mancare il fiato per proseguire*) E... e ti par poco? Lasciando credere a tutti, qua...
EVELINA Io? Che ho lasciato credere? Senza codesta tua aggressione, t'avrei detto tutto io stessa, ritornando; perché non ho proprio nulla da nascondere, io.
LELLO Nulla, eh? nulla! – Otto giorni là con lui, e...
EVELINA (*profondamente avvilita per lui, più che per sé, troncando*) Ma no, caro!
LELLO Come no?
EVELINA Non «con lui» – «in casa di lui», se mai.
LELLO Ah, brava! «In casa» – così, innocentemente? E non «con lui»; con tuo figlio soltanto, eh?
EVELINA (*c. s.*) Ma sì, anche con lui.
LELLO Ah, ecco! Ammetti. Ma come con un fratello, è vero? Un fratello che ti chiama Eva, no? che ti chiama... come ti chiama?... non so... «Jù!», come una cavalla!
EVELINA (*turbata da questo richiamo a quell'altra sua vita là, col marito; offesa per la crudezza del richiamo e, nello stesso tempo, più che mai addolorata, si nasconde il volto con le mani mormorando*) Oh Dio mio... oh Dio mio...

Pausa. Lello passeggia concitato. Si ferma. La guarda.

LELLO Ma non la trovi intanto una scusa, d'esserti trattenuta là otto giorni, senza che tuo figlio fosse malato; non la trovi! non la trovi! Stai con la faccia nascosta... Parla! Di' almeno qualche cosa...

Stupito, come davanti a un vuoto che gli s'apra sempre più davanti, per quel silenzio nascosto che sempre più s'appalesa come una confessione tacita della colpa:

Non hai nulla da dire? E allora? Ah, dunque, allora...
EVELINA (*levandosi, piano, con tristezza grave e quasi sorda, avendo intuito il sospetto di lui, ma sentendo altresì che, pur potendo subito distruggerlo, le resterà sempre da dire una cosa di maggior peso per lei*) Ma no, caro, non è questo.
LELLO Non... non è questo? E che cos'è? che cos'è? che intendi dire? Parla, perdio!
EVELINA Parla... sì, parla... Che vuoi che ti dica, così? Dico che m'hai fatto sentire, con la crudezza delle tue parole... non so, vedere che là...

Resta sospesa: vorrebbe aggiungere: «che là ho pure una mia vita, a cui tu hai il torto di richiamarmi così crudelmente, mentre già a me par quasi un sogno, trovandomi adesso qua, in quest'altra vita, da cui mi frastorni e m'allontani, con questa scena che m'offende».

LELLO (*rimasto in attesa angosciosa, premendola a dire, con sgarbo*) Che là? Che cosa?
EVELINA No... niente... niente di male... Sono stata con Aldo e con lui, ma sempre, ogni giorno, col pensiero di dovere ritornare a casa mia.
LELLO Vivendo, intanto, e sollazzandoti là?
EVELINA (*non sopportando più la naturale, scusabilissima volgarità dei sospetti di lui*) Per carità, taci! Non finire di rompere ora, così, il sogno che mi tenne là, di questa casa, di te, di mia figlia, e che sentii subito – subito, appena vi ho rimesso il piede – come la mia vera vita! – Sì, qua... te... tutto... – È un sogno adesso, là... quella che fui là, quello che feci...
LELLO (*dapprima quasi sbalordito di sentirle dire così; poi, subito, accendendosi di nuovo*) Ma io... io ancora non lo so, non lo so che cosa fosti là, che facesti! Sei rimasta otto giorni – questo solo so – quando l'obbligo tuo, trovando che là ti avevano

con un violento scatto di nausea

oh, vigliaccamente, vigliaccamente, sai? brutalmente ingannata – l'obbligo tuo era di ritornartene subito qua!

EVELINA Sì, sì, è vero, è vero! – Ma Aldo...

LELLO Che Aldo! Dici Aldo? Senti; ci vuole una bella sfrontatezza! Come se non sapessi che fu «lui», «lui!» E il figlio, d'accordo! Un inganno da mascalzone, sì, sì, una trappola per riprenderti «americanamente», servendosi del figlio! E tu ti sei lasciata riprendere!

EVELINA (*con forza*) Ma no!

LELLO Come no? Non sei rimasta, invece di ripartirtene subito?

EVELINA Ti giuro che volevo ripartirmene subito, appena alla stazione mi vidi davanti Aldo, sano, che rideva... E glielo dissi, sai? glielo dissi.

Con l'aria grave della signora Lina, ma sinceramente:

Manifestai tutto lo sdegno. – Ma sai Aldo com'è... quello che cominciò a dire, a fare...

LELLO (*sempre convinto che non sia stato Aldo soltanto*) Aldo, eh?

EVELINA (*non comprendendo l'ironia della domanda*) Sì, al suo solito, tante pazzie...

LELLO (*c. s.*) Aldo! – Non mi dici quello che cominciò a far lui!

EVELINA (*ingenuamente*) Eh, lui no, non venne alla stazione.

LELLO Ah, non venne? Consentisti però ad andare con tuo figlio in casa di lui...

EVELINA (*c. s.*) No, prima no; prima andai all'albergo. E non mi sarei mai arresa ad andare in casa di lui, se...

LELLO (*troncando con sdegno*) Ma via! Poi ci andasti! E allora, sotto lo stesso tetto, con tuo marito... tutti i ricordi antichi, eh?

Sghignazzando:

Ma niente di male, niente di male, si sa! Era, dopo tutto, tuo marito!

EVELINA (*irrigidendosi, con alterezza dolente*) Ti prego di credere che, se sono ritornata, vuol dire che puoi essere sicuro che «ho sentito» di poter ritornare.

LELLO Grazie, grazie di codesto sentimento! Ah, mi piace tanto! «Hai sentito» di potere ritornare?

EVELINA Sì. E ti dico che non merito affatto codesto tuo dileggio.

Cangiando aria e tono:

Sbagli, sbagli, Lello, a mostrarti, a parlare ancora così con me. Perché mi costringi allora a una sincerità di cui nessuna donna avrebbe l'obbligo – guarda! – neppure con se stessa; figùrati poi col proprio marito! E tu non sei neanche mio marito.

LELLO (*subito, quasi trionfante nell'ira*) Ah, eccola, eccola la confessione che ti sfugge senza volerlo!

EVELINA (*stordita, quasi tra sé*) La confessione?

LELLO Ma sì, ecco, lo dici tu stessa che è quello adesso tuo marito!

EVELINA (*di nuovo, altera, recisa, contenendosi*) Non è «quello!» – Io dicevo a te. – Ma dunque davvero puoi credere che sia «quello» come intendi tu, e farmi poi capace di ritornare a te, a mia figlia?

Pausa. Lello resta come interdetto. E allora con sdegnoso rammarico, come per un'imposizione della coscienza a cui non può più opporsi, aggiunge:

Ah, ma vedi? vedi? io mi sento costretta ora a dirti una cosa, che avrei potuto risparmiare a te e a me; che avevo sentito, venendo, di non doverti più dire. Ma ora debbo dirtela! debbo dirtela!

LELLO   Che cosa?

EVELINA   Questa. Che se sono ritornata, non devi credere che non mi sia costato nulla il ritorno.

LELLO   Ah, confessi... confessi anche che t'è costato molto?

EVELINA   Sì. Là, sì. Ma appena mi sono staccata di là, no. Ho sentito soltanto il desiderio di ritornare al più presto.

LELLO   E vuoi, di', vuoi che ti ringrazii anche di codesta sincerità?

EVELINA   L'hai voluta tu, mostrandoti così diverso, nemico, a me che ritornavo alla mia casa perfettamente rimessa nel sentimento che ho di tutta questa mia vita qua e con l'unico pensiero della mia bambina malata...

LELLO   Ah, ecco – per lei! Sei dunque ritornata unicamente per lei?

EVELINA   Ma no – anche per te.

LELLO   Grazie di nuovo, cara! Ma come vuoi che ci creda più, se m'hai detto che t'è costato molto staccarti di là? È segno che tu là con lui...

EVELINA (*subito arrestandolo*)   No! Ah, no! Tu mi costringi prima a ferirti con la mia sincerità, strappata così, per forza, e vuoi fartene poi un'arma contro di me? No! Perché, se pure essa m'ha costretto a dirti che m'è costato molto, questo – se mai – farebbe più grave il sacrifizio con cui avrei pagato il diritto di poter ritornare a te e a mia figlia!

LELLO   Ah, di bene in meglio! Il sacrifizio! Altro che molto, dunque, t'è costato! Dici sacrifizio, ora!

EVELINA (*pigiando sulle parole*)   Ho detto «se pure»; ho detto «se mai». Non l'ho più sentito, venendo. La mia vita è qua – questa. – Sono stordita ancora...

Con la meravigliosa ingenuità di una che non può fare a meno di dire, quasi senza pensare che cosa dice e a chi la dice:

È così strano, è così strano quello che sento, che... – tu

forse avrai ragione – ma sono ora qua così tranquilla, che non capisco più – ti giuro – di che cosa ti lamenti ancora...

LELLO   Sei diventata incosciente? Come, di che mi lamento? Ti par poco adesso lo scandalo? Ne hai pure avuto una prova tu stessa, or ora!

EVELINA   Dici di quelle due pettegole?

LELLO   Ma puoi esser certa che tutti, adesso... È la rovina, la rovina della tua reputazione, lo vuoi capire? È finita!

EVELINA (*come se parlasse d'un'altra*)   Finita... la signora Lina?

E aggiunge sotto voce, come se lo dicesse Aldo:

Muffa della signora Lina!

E ride.

LELLO (*più che mai trasecolato, mirandola*)   Ma che dici? sei impazzita?

EVELINA (*riprendendosi, ma sempre un po' stordita*)   No... È che...

E si butta a ragionare con ambigua serietà:

– dico che, se quelle due pettegole non fossero accecate dall'invidia o dal dispetto...

LELLO   E dàlli! Lasciale stare, quelle due! Non saranno quelle due sole, ti dico! Ma tutti! tutti!

EVELINA (*seguitando come sopra: Eva e Lina; la voce di Eva, l'aria di Lina*)   Aspetta, scusa. Tutti sanno, mi pare, perché sono andata da mio figlio.

LELLO   Già! Ma sanno anche, ora, che non era vero niente, che tuo figlio fosse malato, e che, non ostante questo...

EVELINA (*subito dice per lui*)   Sono rimasta là otto giorni con mio marito.

E non potendone più, sbuffa:

Auff!
LELLO Sotto lo stesso tetto!
EVELINA Questo lo dicono loro.
LELLO No, questa è la verità!
EVELINA Sì, ma per quello che ne pensano loro, intendo.

Si ferma un po' a guardarlo, come per confermare un patto:

Oh, non più per te, ora! Almeno spero.
LELLO (*approvando ironicamente, con un inchino rabbioso!*) Benissimo! Ma bisognerebbe che lo credessero anche gli altri! Non basta, cara, che lo creda io! E vai, vai tu adesso a farlo credere agli altri!
EVELINA Scusa, se sono ritornata a te...
LELLO (*con un grido*) Peggio! Dopo essere stata là!
EVELINA (*stanca*) Oh, insomma, senti, Lello, a me basta la mia coscienza, e che mi creda tu. Non m'importa degli altri. Pensino quello che vogliono... come vogliono...
LELLO Ma importa a me, se permetti! A me! a me! Per la tua reputazione! E anche per me stesso!
EVELINA Per te stesso, no, scusa; perché tu, comunque pensino gli altri, non ti dovresti lamentare.
LELLO Ah, nemmeno?
EVELINA Nemmeno. Perché, se è peggio per me, è meglio per te: che io sia ritornata, dopo essere stata là – l'hai detto tu stesso. Suppongo, perché la gente, mio marito adesso – almeno legalmente – sa che è quello là...
LELLO (*gridando*) Ma no! Nient'affatto! Perché io non mi sono mai considerato come il tuo amante! Il mio studio è stato sempre questo!
EVELINA Lo so. E infatti non mi viene di dirlo, credi, neanche a me, che tu sei il mio amante. Io forse non capisco ancora bene: scusa, ti lamenti per gli altri o per te?
LELLO Per me e per gli altri mi lamento!

EVELINA E allora hai torto doppiamente.

Pigiando sulle parole:

Ho lasciato là mio marito, per ritornare a te. Per la gente, come amante, puoi esserne contento, mi pare. Ma siccome poi non hai voluto mai considerarti, mai essere il mio amante, ma mio marito, è vero?
LELLO Mi pare!
EVELINA Ecco, dunque: marito, con tutto il diritto di pretendere alla fedeltà della propria moglie, è vero?
LELLO Mi pare!
EVELINA Oh, e allora come marito puoi anche essere contento e soddisfatto, perché t'assicuro che ho osservato per te tutto il mio dovere di moglie, ed eccomi qua! – Che vuoi di più?
LELLO (*scattando*) Ah, bello! Ah, grazie, così! Là l'amore, e qua il dovere? Grazie, cara, no! Io preferisco allora il contrario!
EVELINA Ah, ora, il contrario?
LELLO Il contrario! il contrario, sicuro! Che fosse stato lui, là, tuo marito, un sacrifizio per te, e non il tuo ritorno qua – così!
EVELINA Ma se non è stato...
LELLO L'hai detto tu stessa! tu! E viene a essere per me un insulto – guarda! – così, la tua fedeltà!
EVELINA Anche un insulto?
LELLO Sì, cara, un insulto! un insulto! E non so che farmene!
EVELINA Ma sai? credetti che bisognasse a me – se tu non sai che fartene – per potermi riaccostare, senza arrossire, a «tua» figlia. – Se mi dici che non sai che fartene...
LELLO (*accecato dall'ira*) Ma che vuoi che m'importi, in questo caso, di mia figlia!
EVELINA (*ironica e con forza*) Ah, ecco! Benissimo! Anche lui là mi disse; – «Che vuoi che m'importi di mio figlio, se vieni qua per lui?».

LELLO (*impressionato*) Ti disse così?

EVELINA (*con foga appassionata*) Così! così! Ed è tempo che la finiate tutti e due! Perché importa a me, se non importa a voi! – Oh, insomma! Tu hai qua la Titti; lui s'è preso Aldo là. Ciascuno di voi può stare per sé, con tutta la sua vita. Ma io no, perché Aldo là è mio e suo; la Titti qua è mia e tua. Lui mi vuole per sé; tu mi vuoi per te! Non posso mica dividermi, io, metà là e metà qua. Sono là e qua! Una e una!

LELLO Là e qua? Ah no! Là e qua, no! – O qua o là, cara! o qua o là!

EVELINA E non capisci che non toccherebbe di dirlo a te, questo?

LELLO No no: te lo dico io! te lo dico io! Qua e là, no!

EVELINA (*sdegnata, fiera*) Ma come intendi ch'io dica qua e là? Dico per i miei figli; non per te e per lui! E perciò potevo farti osservare che non conveniva a te di ribellarti e di fare lo sdegnoso! – Se con qualcuno io avrei l'obbligo di stare, non l'avrei con te!

LELLO Come?

EVELINA No! Perché se sono qua con te, nessuno può credere che sia per «obbligo», né per convenienza; tanto più ora, se è vero che per questa mia andata là la mia reputazione è irrimediabilmente compromessa! Starei con te perché voglio starci, ad onta della mia reputazione.

LELLO Ma se ora so che non vorresti...

EVELINA Come non vorrei, se sono ritornata, se ho difeso là, contro me stessa, il mio diritto di ritornare!

Minacciosa, recisa:

Vuoi che vada là? Mi respingi tu, allora! E allora il diritto di rivedere qua mia figlia io non lo perdo, bada! Me ne starò là, e faremo, come tu preferisci, al contrario!

LELLO (*stretto dall'argomentazione, con un viso molto inebetito*) Io preferisco? io, preferisco?

EVELINA Eh, mi pare...

LELLO (*irritato di non potersi in alcun modo riprendere; con violenza*) Io non preferisco niente! non preferisco niente!

EVELINA (*prima placida, sicura; poi, man mano, con foga crescente*) Oh, e neanche io, vedi? Niente. M'impongo di non preferire niente, perché non voglio perderlo il diritto di rivedere i miei figli. Se pretendi che non veda più Aldo, rompo con te. Sì, sì, caro mio! Proprio come là ho respinto lui, per ritornare a vedere qua mia figlia. Siete uomini, voi – e basta! Io sono madre! Messa in una situazione impossibile! Una là con quello che mi fa essere... come qua con te, Dio mio, non mi passa, non mi passa neppure per il capo di poter essere! Un'altra – un'altra. – Ma non rimpiango, oh, non credere che rimpianga nulla per questo! Perché io... non so... sono pure «questa», qua. Non soffro, non soffro, ti giuro, Lello, d'essere qua, questa, come per tanti anni sono stata! Non mi costa nulla volermi anche per me, come tu mi vuoi, placida, sennata, ordinata; tutt'al contrario di come... io non so perché... divento subito per quell'altro, appena, appena mi guarda dentro gli occhi.

LELLO E ti grida: «Iviù!».

EVELINA Già, così... Vedi, m'è corso come un brivido per tutte le carni...

LELLO (*furioso, sprezzante*) E vai dunque là, vai dunque là, dove c'è chi ti fa correre di codesti brividi per le carni!...

EVELINA (*forte, gridando, quasi piangendo dalla rabbia di non esser compresa*) Ma no! Sei sciocco! Non farmi impazzire, ora! Sento che impazzisco, io, così! E non voglio impazzire! Non sono mica impazzita, io, là, ti prego di credere! Ho tenuto a posto me e lui! Mi è parso piuttosto d'impazzire durante il viaggio, pensando... pensando...

Parandoglisi davanti improvvisamente:

Tu non sei mica lo stesso, scusa, con me e con un'altra donna!

LELLO (*stordito*) Come? io? che c'entro io ora? Quale donna?

EVELINA Dico una qualunque; una donna che per caso... (non dico che sia vero), una donna che ti facesse essere diverso da quello che sei per me...

LELLO (*scrollandosi, non comprendendo*) Come, diverso? Ma che dici?

EVELINA No, senti, senti quante cose ho pensato. – Tu, per me, lo sai perché sei così? Pare facile! una sciocchezza. Sei così, perché naturalmente il sentimento che io t'ispiro, il sentimento che tu hai per me ti fa essere così.

LELLO Naturalmente.

EVELINA Ma se t'ispirassi domani un altro sentimento? Se tu non sentissi per me quello che ora senti? Tu diventeresti un altro.

LELLO Perché non t'amerei più, sfido! Un altro, per te. Ma sarei sempre io.

EVELINA No! no! Ecco, è questo! Non è vero! Perché tu, anche adesso, anche adesso, potresti avere un diverso sentimento per un'altra donna; e basterebbe questo perché tu fossi uno con quella e uno con me; diverso! – Vedi? è questo! L'ho provato io, con tutto l'orrore di vedere in me un'altra – quell'altra – oltre questa che sono qua per te e per me stessa; – due, in una persona sola! In un solo corpo, ma che potrebbe essere di «questa» e di «quella», se non dovesse parere mostruoso e assurdo che allora, per se stesso, questo corpo, non sarebbe più nulla, fuori di quel sentimento che lo fa essere ora di «questa» e ora di «quella»; e con la memoria intanto dell'una e dell'altra – vedi? questo è il terribile! – terribile perché rompe quell'illusione che ciascuno si fa, ricordando, di essere «uno», sempre lo stesso. Non è vero! L'ho veduto, l'ho provato io! Se tu m'avessi vista là, a cavallo...

LELLO Sei andata a cavallo?

EVELINA Sì; come prima! una cavallerizza! e Giorgio Armelli m'ha sorpreso sull'altalena... Se mi avesse visto la Titti! Dio, Dio... Non m'avrebbe più riconosciuta; avrebbe esclamato: «Ma come! Quella, la mia mamma?». Eppure per me, là, allora, era naturale, naturalissimo... E io stessa, ora, guardandomi di qua... mi pare un sogno... vedendomi poi anche «questa», qua... un'altra; irriconoscibile... Una qua, una là... E l'una che non ha nulla da vedere con l'altra, se non questo tormento di scoprirsi, di sentirsi «due» veramente, fino a respingere là – com'ho fatto – mio marito, non già perché non mi sentissi viva di tutta quell'altra mia vita là; ma perché qua c'era quest'altra, che sentii, sentii ugualmente viva di tutt'intera quest'altra mia vita – così diversa – capisci? – diversa – diversa!

Casca a sedere, come schiantata, con le mani sulla faccia.

LELLO (*dopo una breve pausa*)   E vorresti, dopo questo, ritornare ancora là, «a quell'altra tua vita»?

EVELINA (*precipitosamente*)   No! Basta! basta! Impazzirei! Verrà lui, Aldo, qua, d'ora in poi! Per me, basta; puoi esserne sicuro! Mai più! – Vedersi un'altra? È la pazzia. Sono anche quell'altra, sai? È certo! Ma non debbo più vedermi, così, qua e là, questa e quella. Basta! basta!

Si schiude l'uscio a sinistra e compare la Titti, palliduccia, spettinata, non ben sicura sulle lunghe gambette. Da questo punto, con stacco netto, dia la scena la sensazione della vita che si riassetta tranquilla su le sue basi naturali.

TITTI   Mamma!
EVELINA (*subito voltandosi e accorrendo a sorreggerla e abbracciandola*)   Titti! Titti mia! Come? Oh Dio! Ti sei levata da te?
TITTI (*fremente*)   Sì, sì...

EVELINA Hai ragione, la mia Titti! Tanti discorsi inutili, sciocchi, inconcludenti qua, e ho lasciato sola di là la mia Titti!

Se la guarda; se la carezza; le ravvia i capellucci.

Come sei pallidina! come sei magrolina!

Mostrandola a Lello:

Ma guarda; più alta... sì, guarda! non ti pare che si sia fatta più alta?
LELLO (*tranquillissimo ora anche lui, chinandosi a guardare la figlia*) Eh sì, eh sì... oh guarda; t'arriva quasi alla spalla...
EVELINA (*serrandosi di nuovo al seno la figlia*) Quasi alla spalla... quasi alla spalla, la mia piccina bella! la mia piccina!

E prende a dondolarla, a dondolarla piano, così dicendo, mentre Lello le guarda tutt'e due, rasserenato e sorridente.

Ma non voglio, non voglio, sai?, che tu mi diventi presto una donnina, piccolina mia, piccolina mia, non voglio, non voglio...

Tela

ALL'USCITA
mistero profano

APPARENZE:

dell' Uomo grasso
del Filosofo
della Donna uccisa
del Bambino dalla melagrana

ASPETTI DELLA VITA:

un Contadino
una Contadina
un vecchio Asino *con un gran fascio d'erba*
una Bambina

Un muro, una porta. Di qua, campagna, all'uscita posteriore d'un cimitero. Di là dal muro – grezzo, bianco – s'intravedono, in una trasparenza scolorata d'umido barlume crepuscolare, alti cipressi notturni.

I morti, lasciato il corpo inutile nelle fosse, escono lievi dalla porta con quelle apparenze vane che si diedero in vita.

L'apparenza dell'Uomo grasso siede su una logora panca a piè d'un grande albero, con le mani appoggiate al bastone e sulle mani il mento. Uscito da parecchi giorni, non sa risolversi a muoversi di lì, e assiste, ma senza mostrare di compiacersene, allo stupore, al terrore, alla disillusione, alla nausea, che le altre apparenze, uscendo di tanto in tanto dalla porta del cimitero, dànno a vedere, e al modo con cui poi s'avviano, incerte, afflitte, disgustate, sgomente. È uscita or ora, magra e capelluta, sebbene calva alla sommità del capo, l'apparenza del Filosofo. Ha mostrato anch'essa un grande stupore; s'è guardata attorno smarrita; poi, da lontano, ha avvistato l'Uomo grasso seduto a piè dell'albero; s'è ricomposta e ora gli s'avvicina.

IL FILOSOFO   Che maraviglia, buon uomo? che maraviglia? È così. Naturalissimo.

L'UOMO GRASSO   Lo dite a me? Oh bella! Sarete maravigliato voi. A me, già m'è passata.

IL FILOSOFO   Ma no! Io? Di che? Se vi dico che è naturalissimo.

L'UOMO GRASSO   Ho capito. Mi vorreste dare a intendere

che l'avevate preveduto, di dovervi ritrovare così, ancora qua.

IL FILOSOFO   No. Questo no. Anzi, la mia maraviglia (se pure ne avrò mostrata un poco in principio) è stata proprio per questo, vi prego di credere: che io non l'abbia preveduto.

L'UOMO GRASSO   Eh già, se vi sembra così naturale.

IL FILOSOFO   Ve lo posso dimostrare, se volete, in due parole.

L'UOMO GRASSO   No, per carità: fatene a meno. Che consolazione volete che mi dia codesto postumo esercizio della vostra ragione?

IL FILOSOFO   Postumo? Ma che postumo! Io séguito a ragionare, come voi a esser grasso, caro mio. E per il solo fatto che io e voi siamo ancora qui, séguito a vedere in me e in voi due vane forme della ragione. Non ve ne sentite consolare?

L'UOMO GRASSO   Se sapeste come ne sono mortificato!

IL FILOSOFO   Perché voi forse, pover'uomo, vi figuraste in vita di vederle e toccarle come cose vere, codeste forme; mentre erano soltanto illusioni necessarie del vostro essere, come del mio, che per consistere in qualche modo, capite? avevano bisogno (e l'hanno tuttora) di creare a se stessi un'apparenza. Non capite proprio?

L'UOMO GRASSO   Come volete che capisca? Parlate troppo sottile per un uomo grasso come me.

IL FILOSOFO   State a sentire. Ve lo spiego per via d'esempio. Prendiamo questo cimitero qua. Voi lo vedeste, certo, in vita chi sa quante volte.

L'UOMO GRASSO   Qualche volta, triste, ci venivo a passeggiare.

IL FILOSOFO   E non vi venne mai in mente che le tombe non erano fatte per i morti, ma per i vivi?

L'UOMO GRASSO   Volete dire della vanità delle epigrafi?

IL FILOSOFO   No; storia vecchia, codesta. Dico del bisogno che ha la vita di fabbricare una casa ai suoi sentimenti. Non basta ai vivi averli dentro, nel cuore, i sentimenti: se li vogliono vedere anche fuori; toccarli; e costruiscono loro una casa. Fuori, dove – naturalmente – chi ci sta? Nessuno.

L'UOMO GRASSO   Come, nessuno? I morti.

IL FILOSOFO   Ma no, brav'uomo; di noi poveri morti, dopo un po' di tempo, che volete che resti in quelle fosse là? Se mai, un po' di polvere. Niente. E che cosa sono allora le tombe? Il ricordo, l'affetto, il rispetto, la devozione (tutti sentimenti, come vedete) sentimenti dei vivi che, non contenti d'essere coltivati dentro, o diffidando che dentro non sarebbero durati a lungo, si sono pagato il lusso d'una casetta fuori: quelle tombe là. Chi ci abita? Se i vivi li hanno ancora dentro, ci abiteranno loro, questi sentimenti: il ricordo, l'affetto, il rispetto, la devozione. O se no, nessuno. La vanità, come voi avete detto, che è anch'essa un sentimento, vi faccio notare. E andiamo avanti. State a sentire. Io avevo in vita un caro cagnolino.

L'UOMO GRASSO   Gli avete edificato una tomba?

IL FILOSOFO   No, no, che! È vivo ancora, lui, di là. Tanto caro, poverino; bianco e nero, vispo: un diavoletto. Me lo portavo a spasso col suo sonagliolo d'argento nel collarino: pareva non toccasse mai terra, con quelle quattro esili zampette frementi. Ma mi faceva spesso disperare; voleva entrare in tutte le chiese, capite? E io, a correrli dietro. – «Bibì, Bibì; qua Bibì» – (si chiamava – cioè, lo chiamavo – Bibì). Non riusciva a capacitarsi perché a un cagnolino bellino come lui non fosse lecito entrare in chiesa. Alle mie sgridate, s'acculava; alzava una delle zampine davanti; sternutiva; poi, con un'orecchia sù e l'altra giù, stava a guardarmi con l'aria di credere che là non ci stésse nessuno e che lui perciò potesse entrarci. «Ma come non ci sta nessuno, Bibì?» gli dicevo io carezzandolo. «Ci sta il più rispettabile dei sentimenti umani, carino, il quale, non contento neanche lui d'abitare nel petto degli uomini, ha voluto fabbricarsi fuori una casa, e che casa! Cupole, navate, colonne, ori, marmi, tele preziose». Ora voi, buon uomo, forse siete in grado di comprendere. Come casa di Dio è senza dubbio infinitamente più grande e più ricco il mondo, che una chiesa; incomparabilmente più nobile e prezioso d'ogni altare, lo spirito dell'uomo in adorazione del mistero divino. Ma questa è la sorte di tutti i sentimenti che si vogliono costruire una casa: si rimpiccoliscono, per forza, e diventano anche un poco puerili, per la loro vanità. È la sorte stessa di quell'infinito che è in noi, quando per alcun tempo si finisce in quest'apparenza che si chiama uomo, labile forma su questo volubile granello di terra perduto nei cieli.

L'UOMO GRASSO   Ma dunque io e voi e tutti quelli che escono da quella porta là che cosa siamo ora, si può sapere? Apparenze d'apparenze?

IL FILOSOFO   No, perché? La stessa apparenza, ma con questo divario: che quella che ci davano gli altri è là, nella fossa: e quella che ci davamo noi è qua, ancora per poco, in voi e in me. Noi ne siamo, insomma, la vanità ancora per poco superstite. Un'ultima ombra d'illusione persiste ancora in noi. Ci piace ancor tanto ritenere la nostra vana parvenza, che dobbiamo ancor tanto aspettare, per liberarcene, ch'essa a poco a poco si diradi e dilegui. Già voi, forse per effetto dei miei discorsi, mi sembrate un po' più rarefatto. Ah, ecco: è bastato che ve lo dicessi: vi riaddensate subito, povera ombra. Che vi ritiene? Siete grasso, ma sembrate così malinconico.

L'UOMO GRASSO   Ho un rammarico. Non so. Vedo ancora il giardinetto della mia casa al sole. Un tappetino verde, alla finestra. La vasca, con lo specchio d'acqua in ombra. E i pesciolini rossi che vengono come a mordere a galla. Le piante attorno guardano attonite i circoletti che s'allargano nell'acqua silenziosi. Io sono ancora là, tra il respiro fresco delle nuove foglioline, come una vecchia foglia morta che non sappia ancora staccarsi. La vedo: c'è davvero là questa foglia morta; aspetto che un soffio la faccia crollare; e allora forse, come voi dite, dileguerò.

IL FILOSOFO   Ma è solo per quel vostro giardinetto il rammarico?

L'UOMO GRASSO   No. I fiori però furono sempre veramente la mia maraviglia. Che la terra li potesse fare. Avete un bel dire voi, illusioni. Un usignolo veniva a cantare ogni notte nel mio giardino, tutto ridente e squillante a maggio di rose gialle, di rose rosse, di rose bianche e di garofani e di geranii. Tutta la vostra filosofia, vedete, non impediva a quell'usignolo di cantare e a quelle rose di sbocciare e d'incantare e inebbriare col loro profumo il giardino. Potevate cacciarlo, quell'usignolo, e strappare tutte quelle mie rose. L'usignolo se ne sarebbe volato nel giardino accanto e avrebbe seguitato a cantare da un altro albero ogni notte alle stelle. E tutte le rose di maggio da tutti i giardini non avreste potuto strapparle di certo. Sono cose che passano, sì. Ma il mio rammarico è ora di non averne saputo godere. L'aria io la respiravo, e non me lo diceva ch'io vivevo, quando la respiravo; quel cinguettio d'uccelli nati col maggio nel mio e negli altri giardini fioriti attorno alla mia casa, l'udivo, e non me lo dicevano quegli uccelli e quei fiori che io vivevo, quando li udivo cinguettare e ne aspiravo i profumi. Una miseria di pensiero mi teneva assorto e chiuso. Di tanta vita che, intanto, entrava in me per i sensi aperti non facevo conto. E poi mi lagnavo. Di che? di quella miseria di pensiero, d'un desiderio insoddisfatto, d'un caso contrario già passato. E intanto tutto il bene della vita mi sfuggiva. Ma no: ora me n'accorgo: non è vero: non mi sfuggiva. Sfuggiva alla mia coscienza; ma non a questo mio corpo che assaporava il gusto della vita, senza dirselo; per cui sto ancora qua come un mendico davanti a una porta, dove non gli è più concesso d'entrare: il gusto della vita che mi faceva accettare tutte le contrarietà, tutte le condizioni che il pensiero intanto sciocamente stimava misere e intollerabili. Certe domeniche, quando mia moglie fingeva di andare a messa e se n'andava invece dal suo amante –
IL FILOSOFO   – ah poveretto, lo sapevate?
L'UOMO GRASSO   Ecco, vedete? una realtà che non era illusione.

IL FILOSOFO   E no, potrei dimostrarvi, caro, ch'era illusione, come tutto il resto.

L'UOMO GRASSO   Che mia moglie mi tradiva? Ma se era un fatto!

IL FILOSOFO   Già. A cui voi davate questa realtà.

L'UOMO GRASSO   Ma come potevo non dargliela, se di fatto mia moglie mi tradiva?

IL FILOSOFO   Ecco. Questo che chiamate un fatto, del piacere che vostra moglie si prendeva con un uomo che non eravate voi, vi pare che avesse per lei la stessa realtà che per voi, se a lei dava piacere e a voi dolore? E da che nasceva il vostro dolore se non dall'illusione che v'eravate fatta che vostra moglie v'appartenesse? Sono tutte idee vane, mio caro, come tutta una vana idea è la vita. Una vostra idea era vostra moglie, una vostra idea il suo tradimento, una vostra idea il vostro dolore. Il guajo è questo, che la vita non è possibile, se non a patto di dare realtà a tutte queste nostre idee. Bisognerebbe non vivere, buon uomo.

L'UOMO GRASSO   Forse avete ragione. E il gusto che io sentivo della vita dipendeva certo dal poco pensiero che mi davo dei miei casi e dalle scarse illusioni che mi facevo. Non crediate che fosse in fondo per me un gran dolore il tradimento di mia moglie. Ne sospiravo, sì; e dicevo fuori, a me stesso, ch'era per pena; ma dentro sentivo ch'era un sospiro di sollievo. Ma non pieno, mai, perché dovete sapere ch'ella non era contenta neanche del suo amante, come non era contenta di nulla, di nessuno. Le finirà male certamente. E anche per questo, vedete? non so staccarmi di qua.

IL FILOSOFO   La aspettate?

L'UOMO GRASSO   Sì, presto. La uccideranno. Ne sono sicuro. Il suo amante la ucciderà, oggi o domani. Forse in questo stesso momento che sto a dirvelo.

Pausa. Guarda davanti a sé con occhi vani. Poi riprende:

Me ne viene la certezza dalla gioja che nei miei ultimi momenti non si curò nemmeno di nascondere, non tanto per la mia morte imminente, quanto per lo spettacolo pietoso del dolore cupo, disperato di lui che mi stava presso il letto e si struggeva di non saper più che cosa fare per tenermi in vita.

IL FILOSOFO Ah, come? egli non desiderava la vostra morte?

L'UOMO GRASSO Sarete un gran sapiente, ma vedo che comprendete poco le cose della vita. Egli non poteva non avermi caro; e v'assicuro ch'io ebbi fin da principio una grande compassione per quest'uomo; perché subito dopo il tradimento, mia moglie rovesciò su lui tutto l'odio di ferocissima nemica che prima aveva per me; e per me riprese ad avere quel certo volubile affetto, un po' scherzoso, un po' mordente dei primi tempi del nostro fidanzamento, quando mi cacciava un fiore in bocca e poi diceva: – «Che buffo assassino!» – Potei avere in breve la soddisfazione di questa certezza; che soffriva lo stesso martirio che avevo sofferto io, l'uomo che aveva creduto di farmi male ingannandomi; e che perciò al martirio aggiungeva anche un sincero e crudelissimo rimorso. Per quest'uomo, vedete, la mia morte è stata la più grande delle sventure, giacché per essa mia moglie non tanto sperò di liberarsi di me, quanto di lui, ch'era come l'ombra del mio corpo; non perché mi stésse sempre vicino, ma perché dovete sapere che quel certo marito fa sempre, appena è possibile, quel certo amante. Sparito il corpo, non sussiste più l'ombra. Finché c'ero io, quello era l'amante. Ma ora? Nella libertà, perché uno? e ancora quello, ombra uggiosa d'un corpo che non c'è più? Ne vorrà un altro; più altri, forse.

IL FILOSOFO E credete che egli la ucciderà?

L'UOMO GRASSO Per non sentirla ridere. Alla prima risata, la ucciderà. Per ora ella si tiene, forzata dall'apparenza del dolore che deve darsi per la mia morte recente. Ma io già gliela sento gorgogliare nelle viscere convulse la tremenda risata, che alla fine proromperà in faccia a lui da quella sua feroce bocca rossa tra il taglio dei lucidi denti. Ride come una pazza. Vedete, v'ho detto che la vostra filosofia non poteva strappare le rose del mio giardino; ma la risata di quella donna altro che questo poteva! Ogni qual volta la sentivo ridere, mi pareva ne tremasse la terra, e il cielo si sconvolgesse, e il mio giardinetto si riducesse arido, irto di cardi spinosi. Le scatta dalle viscere come una frenetica rabbia di distruzione. È terribile, terribile quella risata su lo spasimo di chi la sente. Certo egli la ucciderà.

Pausa di sospensione. Sta come in ascolto, con una mano levata e gli occhi fissi nel vuoto.

Forse l'ha già uccisa. Tra poco la vedremo uscire di là. – Eccola! eccola! Oh Dio, vedete? eccola: balla, gira come una trottola. È lei! Ride, ride! Tutta scarmigliata! E sulla mammella manca, vedete? il sangue! Lo spruzza tutt'intorno! – Qua, qua! Vieni qua! Non girare più così! Siedi qua!

LA DONNA UCCISA (*cascando a sedere sulla panca*) Ah, qua... Tu? oh Dio... com'è? No, no... Ma come! Sono di nuovo con te? Ah ah ah ah ah!

L'UOMO GRASSO   Non ridere! Non ridere più così!

LA DONNA UCCISA   Che imbecille! M'ha rimandata a te! E verrà anche lui, sai? S'è ferito a morte, dopo aver ferito me: qua, guarda. Oh, guardate anche voi, signore; tanto ormai! se il mio seno si solleva, non vi farà più impressione. Ah ah ah ah. Guardate, signore, mio marito com'è afflitto. No, caro! Che dici? Credi che abbia ancora l'obbligo della pudicizia? Ecco, ecco, me lo nascondo coi capelli, così. Se mi deste un pettine per ravviarmeli... sono tutti arruffati. Ma, sai, caro? Mi lasciò là, per tutta una mattinata, arrovesciata sul letto: così: guarda: con tutto il seno scoperto: così: e tanta gente entrò a vedermi; e temo che anche le gambe mi abbiano vedute. Sì, un poco.

Ah ah ah ah. Ma che imbecille! Credette di farmi male. E anch'io, sì, anch'io ebbi una gran paura che mi facesse male. Voleva prendermi. Gli sfuggivo. Gli ballavo attorno, girando, come una matta. M'avete veduta? Così. A un tratto, ah! un colpo, qua, freddo; caddi; mi sollevò da terra; m'arrovesciò sul letto; mi baciò, mi baciò; poi con la stessa arma si ferì su me; lo sentii scivolare pesante a terra; gemere, gemere ai miei piedi. E mi durò fino all'ultimo su la bocca il caldo del suo bacio. Ma forse era sangue.

IL FILOSOFO Sì, ne avete ancora un filo, difatti, sul mento.

LA DONNA UCCISA (*subito portandoselo via con la mano*) Ah, ecco.

Poi:

Era sangue. Lo volevo dire. Perché nessun bacio mai m'ha bruciato. Arrovesciata sul letto, mentre il soffitto bianco della camera mi pareva s'abbassasse su me, e tutto mi s'oscurava, sperai, sperai che quell'ultimo bacio finalmente, oh Dio, mi avesse dato il calore che le mie viscere esasperate hanno sempre, e sempre invano, bramato; e che con quel caldo ora potessi rivivere, guarire. Era il mio sangue. Era questo bruciore inutile del mio sangue, invece.

Silenzio. L'apparenza dell'Uomo grasso tentenna amaramente il capo e poi con aria più cupa e dolorosa lo riappoggia sul bastone, mentre l'apparenza del Filosofo resta intenta e quasi sbigottita a mirar la donna uccisa, la quale, a un tratto, guardando verso l'uscita del cimitero, ha come un tremito e s'ilara tutta e grida:

LA DONNA UCCISA Oh guardate, guardate! Guarda anche tu, smuoviti, solleva il mento dal bastone! Guarda chi viene di là, correndo leggero sui rosei piedini!

IL FILOSOFO Un bimbo.

LA DONNA UCCISA   Caro! E che regge, che regge tra le manine? Una melagrana? Oh, guardate, una melagrana. Vieni, vieni qua, caro! qua da me, vieni!
IL BIMBO DELLA MELAGRANA   Questa – a me, tutta – tutta a me – tutta.
LA DONNA UCCISA   Sì, caro, da' qua: ecco; è dura la buccia: te l'apro io, te la schiccolo io. E tu la mangerai. Tutta, sì. Aspetta. Qua nella mia mano. Oh, vedi? Vedi com'è rossa?
IL BIMBO DELLA MELAGRANA   Sì, sì – a me – tutta – a me.
LA DONNA UCCISA   Tutta, sì, aspetta. Ecco, mangia questi chicchi intanto. Ah, i tuoi labbruzzi, caro, come mi vellicano la mano! Ecco, sì, il resto – tutta a te. Vuoi che ne diamo un chicco, uno, uno solo, a questo pover'uomo che guarda col mento sul bastone? No? Niente, allora – tutta a te! Ecco, mangia. Oh come ti sei fatto nero il musino!
IL BIMBO DELLA MELAGRANA   Ancora – ancora – a me.
LA DONNA UCCISA   Restano gli ultimi chicchi, caro, vedi? Queste sono le bucce... – Ah!

La donna dà un grido. Mangiati gli ultimi chicchi nel cavo della mano, il Bimbo è svanito nell'aria. Restano per terra le bucce della melagrana; le ultime, ancora nell'altra mano della donna, scivolano anch'esse a terra.

IL FILOSOFO   Era quella melagrana il suo ultimo desiderio. Si teneva ad esso con tutt'e due le manine. Era tutto lì, in quei chicchi di rubino che non aveva potuto assaporare.
LA DONNA UCCISA   E io? Il mio desiderio? Ah!

China il capo, con le mani sul volto, e chiusa tra le fiamme dei capelli che le vengono avanti, piange perdutamente. Allora, a quel pianto, nel silenzio, si sente cadere il pesante bastone su cui l'apparenza dell'Uomo grasso teneva appoggiate le mani e il mento. Il volto at-

territo della donna, al rumore, esce di tra i capelli scostati con le mani e guarda, accanto a sé, il vuoto. L'altro, ritraendosi dietro al sedile e accostandosi al tronco dell'albero, le fa cenno di guardare, non già a colui che non c'è più, ma ad alcuni massicci aspetti della vita che sopravvengono dalla campagna: un Contadino, una Contadina, un vecchio asinello con un gran fascio d'erba sulla schiena e, sovr'esso, una Bambina. Questa, istintivamente, come se avvertisse nell'ombra gli occhi atroci dell'apparenza della Donna uccisa che la fissano, si copre il volto con le manine, mentre il vecchio Asino si ferma a fiutare le bucce sparse della melagrana e coi grossi labbri bigi ne toglie qualcuna e poi la lascia e sbruffa con le froge a terra.

IL CONTADINO   Oh, guarda; un bastone. Qualcuno l'avrà perduto. *Arrì! Jù!*
LA CONTADINA   E tu perché ti metti così le manine sugli occhi?
LA BAMBINA   Ho paura.
IL CONTADINO   Sù, sù, abbiamo fatto tardi. *Arrì! Jù!*
LA CONTADINA   Di' con me una preghiera per i poveri morti.

Il Contadino caccia l'Asino col bastone raccattato. Riprendono il cammino. L'apparenza della Donna uccisa si leva in piedi, squassa il capo scarmigliato, alza le braccia disperatamente e fugge come una pazza dietro alla Bambina scomparsa. L'apparenza del Filosofo resta alta, dritta nell'ombra, aderente tutta al tronco del vecchio albero.

IL FILOSOFO   Ho paura ch'io solo resterò sempre qua, seguitando a ragionare.

Tela

L'IMBECILLE

commedia in un atto

PERSONAGGI

Luca Fazio
Leopoldo Paroni
Il Commesso Viaggiatore
Rosa Lavecchia
Primo Redattore
Secondo Redattore
Terzo Redattore
Quarto Redattore
Quinto Redattore

La scena rappresenta il modestissimo scrittojo di Leopoldo Paroni, direttore della «Vedetta Repubblicana» di Costanova. La sede del giornale è nella casa stessa del Paroni, capo del partito repubblicano; e siccome il Paroni vive solo e disprezza tutti i comodi e anche (pare) la pulizia, disordine e sudiceria sono su tutti i mobili vecchi e malandati, e anche per terra. Si vedrà la scrivania ingombra di carte ammonticchiate; le sedie, qua e là, ingombre anch'esse di libri e d'incartamenti; giornali dappertutto; la scansia dei libri, coi libri cacciati sui palchetti alla rinfusa; un divanaccio di cuojo, con un cuscino da letto, sudicio, tutto strappato e con la borra che scappa fuori dagli strappi. La comune è a sinistra dell'attore. In fondo è un uscio a vetri che dà nella sala di redazione del giornale. Un altro uscio, a destra, dà nelle stanze di abitazione del Paroni.

È sera; e al levarsi della tela lo scrittojo, al bujo, è a malapena stenebrato dal lume della sala in fondo, che si soffonde attraverso i vetri opachi di quell'uscio.

A sedere e coi piedi tirati sul divanaccio, le spalle appoggiate al cuscino e sulle spalle un grigio scialle di lana, Luca Fazio, immobile, avrà un berretto da viaggio in capo, dalla larga visiera calata fin sul naso. In una delle mani, quasi ischeletrite e nascoste sotto lo scialle, un fazzoletto appallottolato. Ha 26 anni. Quando si farà luce nello scrittojo, mostrerà la faccia smunta, gialla, cadaverica, su cui è ricresciuta, rada rada qua e là, una barbettina da malato, sotto i biondi baffetti squallidi, spioventi. Di tratto in tratto, otturandosi la bocca con quel fazzoletto appallottolato, combatterà con una tos-

se profonda che gli ruglia nel petto. Dall'uscio a vetri illuminato si udranno per qualche minuto le grida scomposte di Paroni e dei redattori della «Vedetta».

PARONI (*dall'interno*)   Vi dico che bisogna attaccarlo a fondo!
VOCI CONFUSE   Sì, sì bravo! Attaccarlo! – Benissimo! – A fondo! – Ma no! – Niente affatto!
PRIMO REDATTORE (*più forte degli altri*)   Così farete il giuoco di Cappadona!
VOCI CONFUSE   È vero! È vero! – Dei monarchici! – Ma chi lo dice? – No! No!
PARONI (*tuonando*)   Nessuno potrà crederlo! Noi seguiamo la nostra linea di condotta! Lo attacchiamo in nome dei nostri principii! E basta così! Lasciatemi scrivere!

Si fa silenzio. Luca Fazio non s'è mosso. La comune a sinistra si schiude un poco e una voce domanda: «È permesso?». Luca Fazio non risponde. Poco dopo, la voce ridomanda: «È permesso?», e si fa avanti, perplesso, il Commesso Viaggiatore, sui 40 anni, piemontese.

COMMESSO VIAGGIATORE   Non c'è nessuno?
LUCA (*senza scomporsi, con voce cavernosa*)   Sono di là.
COMMESSO VIAGGIATORE (*alla voce, con un soprassalto*)   Ah! scusi. Lei è il signor Paroni?
LUCA (*c. s.*)   Di là! di là!

Indica l'uscio a vetri.

COMMESSO VIAGGIATORE   Posso entrare?
LUCA (*infastidito*)   Lo domanda a me? Entri, se vuole.

Il Commesso Viaggiatore si avvia verso l'uscio in fondo, ma prima d'arrivarci scoppia di nuovo un tumulto di voci nella sala di redazione, a cui fa eco un altro tumulto lontano, d'una dimostrazione popolare, la quale

*si suppone che attraversi di corsa la piazza vicina. Il
Commesso Viaggiatore si arresta, stordito.*

VOCI CONFUSE (*dalla sala di redazione*)   Ecco, ecco, udite? – La dimostrazione! – La dimostrazione! Miserabili! – I cappadoniani!
PRIMO REDATTORE   Gridano: «Viva Cappadona!». Ve lo dicevo io?
PARONI (*con un gran pugno sulla tavola, urlando*)   E io ti dico che bisogna ammazzare Guido Mazzarini! Che m'importa di Cappadona?

*Il tumulto della piazza copre per un momento le grida
della sala. I dimostranti, in gran numero, passando di
corsa, gridano: «Viva Cappadona! Abbasso il Regio
Commissario!». Appena il tumulto s'allontana, si riodono le grida della sala di redazione: «Cani! Cani! Nemici del Paese! Cappadona paga!» e all'improvviso,
due redattori in gran furia, coi cappelli in capo e armati
di bastone, aprono l'uscio a vetri e si precipitano verso
la comune per correre dietro alla dimostrazione.*

SECONDO REDATTORE (*correndo, fremente*)   Miserabili! Miserabili!

Via.

TERZO REDATTORE (*trovandosi davanti il Commesso Viaggiatore, gli urla in faccia*)   Osano gridare «Viva Cappadona!».

Via.

LA VOCE DI PARONI   Andate! Andate tutti! Io resto qua a scrivere!

Dall'uscio a vetri si precipitano col cappello in capo al-

*tri tre redattori verso la comune, gridando confusamente: «*Vigliacchi! Cani! Pagati!*» e uno di nuovo in faccia al Commesso Viaggiatore: «*Viva Cappadona! ha capito?*». Via tutti.*

COMMESSO VIAGGIATORE   Io non capisco niente...

A Luca Fazio:

Ma, scusi, che cos'è?

Luca ha un forte attacco di tosse e si ottura la bocca. Il Commesso Viaggiatore si china a guardarlo dolente, mortificato, imbarazzato dal ribrezzo che non riesce a dissimulare.

LUCA   Puzzano di pipa, maledetti! Si scosti... Aria! Mi lasci respirare!

Poi, calmato:

Lei non è di Costanova?
COMMESSO VIAGGIATORE   No: sono di passaggio.
LUCA   Siamo tutti di passaggio, caro signore.
COMMESSO VIAGGIATORE   Sono un commesso delle Cartiere del Sangone. Volevo parlare col signor Paroni, per la fornitura del giornale.
LUCA   Non credo che sia il momento più opportuno.
COMMESSO VIAGGIATORE   Già, ho sentito. Una dimostrazione.
LUCA (*con ironia cupa*)   Sono ancora gonfi di sdegno, dopo otto mesi dalle elezioni politiche, contro il deputato Guido Mazzarini.
COMMESSO VIAGGIATORE   Socialista?
LUCA   Non so. Mi pare. Qua a Costanova gli sono stati tutti contrarii; ma è riuscito a vincere col suffragio delle altre sezioni elettorali del Collegio.

Stropiccia l'indice col pollice per significare che ha denari, e aggiunge:

Grand'uomo. E le furie, come vede, non sono svaporate, perché il Mazzarini, per vendicarsi, ha fatto mandare al municipio di Costanova – (si scosti, si scosti un poco, per carità; mi manca aria) – un Regio Commissario. – Grazie. – Cosa di gran momento; un Regio Commissario!

COMMESSO VIAGGIATORE   Ma gridavano *abbasso!*

LUCA   Già. Non lo vogliono. Costanova è un gran paese, caro signore. Faccia conto che l'Universo, tutto così com'è, gli graviti intorno. Si affacci alla finestra e guardi il cielo. Le stelle, sa perché ci stanno? per sbirciare sulla Terra Costanova. C'è chi dice che ne ridono; non ci creda: sospirano tutte dal desiderio d'avere in sé ciascuna una città come Costanova. E sa da che dipendono le sorti dell'Universo? Dal Consiglio comunale di Costanova. Il Consiglio comunale è stato sciolto, e per conseguenza l'Universo è tutto scombussolato. Lo può vedere dalla faccia di Paroni. La guardi, la guardi, là, dai vetri di quell'uscio.

COMMESSO VIAGGIATORE   (*fa per accostarsi all'uscio e si ferma*)   Ma sono opachi!

LUCA   Ah, già. Non ci pensavo.

COMMESSO VIAGGIATORE   Lei non fa parte della redazione del giornale?

LUCA   No. Simpatizzo. O meglio, simpatizzavo. Sto per andarmene, io, caro signore. E siamo parecchi, sa, malati così a Costanova. Due miei fratelli, prima che se n'andassero anche loro, facevano parte della redazione. Io ho fatto fino all'altro jeri lo studente di medicina. Sono tornato questa mattina per morire a casa mia. Lei vende carta da giornali?

COMMESSO VIAGGIATORE   Sì, anche da giornali. A prezzi di concorrenza.

LUCA   Perché si stampino giornali in più gran copia?

COMMESSO VIAGGIATORE   Creda che la questione del

prezzo della carta, nelle presenti condizioni del mercato...
LUCA (*fermandolo*) Ne sono convinto. E se sapesse che consolazione è per me pensare che lei andrà ancora in giro, chi sa per quanti anni, di paese in paese, offrendo a prezzi di concorrenza la carta della sua cartiera ai giornaletti settimanali di provincia! Pensare che ricapiterà qui, fra dieci anni forse, di sera, come adesso, e rivedrà qua questo divanaccio, ma senza me, e la città di Costanova forse pacificata...

Sopravvengono dalla comune in gran subbuglio tre dei redattori corsi poc'anzi dietro la dimostrazione popolare, gridando:

PRIMO REDATTORE Paroni! Paroni!
SECONDO REDATTORE L'ira di Dio s'è scatenata in piazza!
TERZO REDATTORE Vieni, vieni, Leopoldo!

Accorre dall'uscio a vetri Leopoldo Paroni, il fiero repubblicano, con un sudicio lumetto bianco a petrolio in mano. È sulla cinquantina. Criniera leonina, gran naso, baffi in su, pizzo mefistofelico e cravatta rossa.

PARONI Che cos'è? Bastonate?

Va a posare il lumetto sulla scrivania, facendogli posto tra le carte.

SECONDO REDATTORE Da orbi!
PRIMO REDATTORE Orde socialiste venute dalla provincia!
PARONI (*subito*) Addosso ai cappadoniani?
TERZO REDATTORE No, addosso ai nostri!
PRIMO REDATTORE Vieni! Corriamo! C'è bisogno di te!
PARONI (*svincolandosi*) Aspettate. Per Dio! Che ci sta a fare, allora, la polizia?

PRIMO REDATTORE   La polizia? Ma il Regio Commissario sarà felicissimo se saremo noi i bastonati! Vieni! Vieni!
PARONI   Andiamo, sì, andiamo!

Al terzo redattore, che eseguisce subito:

Vai a prendermi il cappello e il bastone! – Conti, Fabrizi, dove sono?
SECONDO REDATTORE   Sono là! tengono testa come possono!
PRIMO REDATTORE   Si difendono!
PARONI   Ma potevano, mi pare, reclamarle i cappadoniani, le guardie!
PRIMO REDATTORE   Si sono tutti squagliati!
PARONI   E anche voi, dico, invece di venire in tre a chiamarmi, potevate restar lì, e mandarne uno!
TERZO REDATTORE (*rientrando dalla sala*)   Non trovo il bastone!
PARONI   Ma all'angolo, vicino all'attaccapanni!
PRIMO REDATTORE   Andiamo, andiamo, ti do il mio!
PARONI   E tu come farai? Tra le bastonate, senza bastone?

Sopravviene a questo punto, affannata, spaventata, la signorina Rosa Lavecchia, sui 50 anni, rossa di pelo, magra, con gli occhiali, vestita quasi maschilmente.

ROSA (*stanca morta, quasi non tirando più fiato*)   Oh Dio... Oh Dio mio...
PARONI E GLI ALTRI (*in ansia costernatissimi*)   Cos'è? Cos'è? Che è accaduto?
ROSA   Non sapete nulla?
PARONI   Hanno ucciso qualcuno?
ROSA (*guardandoli, come nuova di tutto*)   No. Dove?
PRIMO REDATTORE   Come! Non sai che c'è la dimostrazione?
ROSA (*c. s.*)   La dimostrazione? no; non so nulla. – Vengo dalla casa del povero Pulino...

SECONDO REDATTORE   Ebbene?
ROSA   S'è ucciso!
PRIMO REDATTORE   S'è ucciso?
PARONI   Pulino?
TERZO REDATTORE   Lulù Pulino, s'è ucciso?
ROSA   Due ore fa. L'hanno trovato in casa che pendeva dall'ansola del lume, in cucina.
PRIMO REDATTORE   Impiccato?
ROSA   Che spettacolo! Sono andata a vederlo... Nero, con gli occhi e la lingua fuori, le dita raggricchiate... Lungo lungo, là, spenzolante in mezzo alla stanza...
SECONDO REDATTORE   Oh, guarda, povero Pulino!
PRIMO REDATTORE   Era già spacciato, poveretto; agli estremi.
TERZO REDATTORE   Ma una fine così!
SECONDO REDATTORE   S'è levato di patire, dopo tutto!
PRIMO REDATTORE   Non si reggeva più neanche sulle gambe...
PARONI   Ma io dico, scusate, quando uno non sa più che farsi della propria vita, è da imbecille –
PRIMO REDATTORE   – che cosa? –
SECONDO REDATTORE   – uccidersi? –
TERZO REDATTORE   – e perché, da imbecille? –
PRIMO REDATTORE   – se aveva ormai i giorni contati! –
SECONDO REDATTORE   – che vita era più la sua? –
PARONI   – appunto! appunto! – Perdio, gliel'avrei pagato io, il viaggio! –
TERZO REDATTORE   – il viaggio? –
PRIMO REDATTORE   – ma che dici? –
SECONDO REDATTORE   – per l'altro mondo? –
PARONI   – no; fino a Roma: il viaggio fino a Roma; vi dico che gliel'avrei pagato io! – Quando uno non sa più che farsi della propria vita e ha deciso di togliersela, prima di togliersela, perdio... Ah il piacere che avrei provato io! dico, di far servire la mia morte almeno a qualche cosa! Scusate: sono malato: domani morrò; c'è un uomo che disonora il mio paese, un uomo che rappresenta per tutti

noi un'onta esecrabile, Guido Mazzarini: ebbene, l'ammazzo e poi m'ammazzo! – Ecco come si fa! – E chi non fa così è un imbecille!

TERZO REDATTORE   Non ci avrà pensato, poverino!

PARONI   Ma come si fa a non pensarci, vivendo come viveva lui fino a due ore fa, sotto quest'onta che ci schiaccia tutti, qua, che dilania l'onore di tutto un paese e appesta finanche l'aria che respiriamo? Gliel'avrei messa io in mano la rivoltella! Ammàzzalo, e poi ammàzzati, imbecille!

Rientrano a questo punto esultanti dalla comune gli altri due redattori usciti prima.

QUARTO REDATTORE   Tutto finito! Tutto finito!

QUINTO REDATTORE   Cacciati via come un branco di pecore a legnate!

PRIMO REDATTORE   (*con freddezza*)   Sono intervenute le guardie?

QUARTO REDATTORE   Sì, ma all'ultimo!

QUINTO REDATTORE   Quando già i nostri – magnifici! – bisognava vederli – come tanti leoni – addosso!

QUARTO REDATTORE   Legnate da levare il pelo!

Poi, notando che nessuno risponde al suo entusiasmo e a quello del compagno:

Ma che cos'avete?

ROSA   Il povero Pulino...

QUINTO REDATTORE   Che c'entra Pulino?

PRIMO REDATTORE   S'è impiccato due ore fa!

QUARTO REDATTORE   Ah sì? Lulù Pulino? Impiccato?

QUINTO REDATTORE   Oh povero Lulù! Eh, sì, lo disse anche a me che voleva finire di patire... S'è troncata l'agonia: ha fatto bene!

PARONI   Doveva far di meglio! Stavamo a dire questo tra noi. Dato che si doveva uccidere per fare un bene a sé, poteva far prima un bene anche agli altri, al suo paese, andando a uccidere a Roma il nemico di tutti, Guido Mazzarini! Non gli sarebbe costato nulla, neanche il viaggio; gliel'avrei pagato io, parola d'onore! Così è morto proprio da imbecille!

PRIMO REDATTORE Basta, è già tardi, oh!

SECONDO REDATTORE Sì, sì. La cronaca della serata si farà domani.

TERZO REDATTORE Tanto, fino a domenica avremo tempo.

SECONDO REDATTORE (*con un sospiro di commiserazione*) E parleremo anche del povero Pulino.

ROSA (*a Paroni*) Se vuoi, Paroni, potrei parlarne io che l'ho visto.

QUARTO REDATTORE Oh, potremmo andarlo a vedere anche noialtri, passando.

ROSA Forse lo troverete ancora appeso. Per rimuovere il cadavere s'aspetta il Pretore che credo debba ancora tornare da Borgo.

PARONI Che peccato! Pensare che il nostro numero di domenica poteva essere tutto quanto consacrato a lui, se avesse compiuto il gesto di vendicatore del suo paese!

PRIMO REDATTORE (*scoprendo finalmente sul divano Luca Fazio*) Oh, guardate un po'. C'è qua Luca Fazio!

Tutti si voltano a guardare.

PARONI Oh, Luca!

SECONDO REDATTORE E come! te ne stavi lì senza dir nulla?

TERZO REDATTORE Quando sei arrivato?

LUCA (*senza scomporsi, seccato*) Stamattina.

QUARTO REDATTORE Ti senti male?

LUCA (*indugia a rispondere, fa prima un gesto con la mano, poi dice*) Come Pulino.

PARONI (*notando il Commesso Viaggiatore*) E lei, scusi, chi è?

COMMESSO VIAGGIATORE   Ero venuto, signor Paroni, per la fornitura della carta.
PARONI   Ah, lei è il Commesso Viaggiatore delle Cartiere del Sangone? Ripassi domani; mi faccia il piacere, ormai è tardi.
COMMESSO VIAGGIATORE   Domattina, sissignore. Perché vorrei ripartire in giornata.
PRIMO REDATTORE   Su, andiamo. Buona notte, Leopoldo.

Anche gli altri salutano Paroni, che ricambia il saluto.

QUARTO REDATTORE (*a Luca Fazio*)   Tu non vieni?
LUCA (*cupo*)   No. Debbo dire una cosa a Paroni.
PARONI (*in apprensione*)   A me?
LUCA (*c. s.*)   Due minuti.

Tutti lo guardano costernati, per la relazione che subito intravedono, dopo i discorsi che si sono fatti, tra il suo stato disperato e quello di Pulino «che si è ucciso da imbecille».

PARONI   E non potresti ora davanti a tutti?
LUCA   No. A te solo.
PARONI (*agli altri*)   E andate, allora. Buona notte, amici miei.

Si rinnovano i saluti.

COMMESSO VIAGGIATORE   Verrò verso le dieci.
PARONI   Anche prima, anche prima, se vuole. A rivederla.

Via tutti, meno Paroni e Luca Fazio che tira giù le gambe dal divano e resta seduto, curvo, a guardare a terra.

PARONI (*accostandoglisi premuroso e accennando di posargli*

una mano sulla spalla) Caro Luca, dunque... amico mio...
LUCA (*subito, alzando un braccio*) No, scòstati.
PARONI Perché?
LUCA Mi fai tossire.
PARONI Stai proprio male, eh? Eh, sì, si vede.
LUCA (*fa cenno di sì col capo, poi dice*) Sono proprio a cottura giusta, per te. Chiudi bene quella porta.

Col capo accenna alla comune.

PARONI (*eseguendo*) Ah sì, subito.
LUCA Col paletto.
PARONI (*eseguendo e ridendo*) Ma è inutile; non verrà più nessuno, ormai. Puoi parlare liberamente. Resterà tutto tra me e te.
LUCA Chiudi anche quell'uscio là.

Accenna l'uscio a vetri.

PARONI (*c. s.*) E perché? Sai che vivo solo. Di là non c'è più nessuno. Anzi, vado a spegnere il lume.

S'avvia.

LUCA E poi richiudi. Viene un puzzo di pipa!

Paroni entra nella sala di redazione, spegne il lume che vi è rimasto acceso, e ritorna, richiudendo l'uscio. Nel frattempo Luca Fazio si sarà alzato in piedi.

PARONI Ecco fatto. Dunque, che vuoi dirmi?
LUCA Scòstati, scòstati...
PARONI Perché, scusa? Dici per te o per me?
LUCA Anche per te.
PARONI Ma io non ho paura!
LUCA Non lo dire troppo presto.

PARONI Di che si tratta, insomma? Siedi, siedi...
LUCA No, resto in piedi.
PARONI Torni da Roma?
LUCA Da Roma. Ridotto come mi vedi, avevo qualche migliajo di lire: mi mangiai tutto. Serbai solo quanto poteva bastare per comperarmi

caccia una mano nella tasca della giacca e ne trae una grossa rivoltella

questa rivoltella.
PARONI (*alla vista dell'arma in pugno a quell'uomo in quello stato, diventando pallidissimo e levando istintivamente le mani*) Oh! che... che è carica?

Notando che Luca esamina l'arma:

Ohé, Luca... è carica?
LUCA (*frigidamente*) Carica.

Poi, guardandolo:

Hai detto che non hai paura.
PARONI No, ma... se Dio liberi...

E fa per accostarsi come per levargli l'arma.

LUCA Scòstati, e lasciami dire. M'ero chiuso in camera, a Roma, per finirmi.
PARONI Ma che pazzia!
LUCA Pazzia, sì: la stavo per commettere veramente. E da imbecille, sì, tu hai ragione!
PARONI (*lo guarda, poi, con gli occhi brillanti di gioja*) Ah, tu forse... tu forse vorresti davvero...?
LUCA (*subito*) Aspetta; vedrai quello che voglio!
PARONI (*c. s.*) Hai sentito ciò che ho detto di Pulino?
LUCA Sì. E sono qua per questo.

PARONI Tu lo faresti?

LUCA Ora stesso.

PARONI (*esultante*) Ah, benissimo!

LUCA Stammi a sentire. Ero con la rivoltella già puntata alla tempia, quand'ecco, sento picchiare all'uscio...

PARONI Tu, a Roma?

LUCA A Roma. Apro. Sai chi mi vedo davanti? Guido Mazzarini.

PARONI Lui? A casa tua?

LUCA Mi vide con la rivoltella in pugno e subito, anche dalla mia faccia, comprese che cosa stéssi per fare; mi corse incontro; m'afferrò per le braccia, mi scrollò, mi gridò: «Ma come? così ti uccidi? Oh Luca, non ti credevo davvero tanto imbecille! Ma va'... Se vuoi far questo... ti pago io il viaggio... corri a Costanova e ammazzami prima Leopoldo Paroni!».

PARONI (*intentissimo finora al truce e strano discorso, con l'animo in subbuglio nella tremenda aspettativa d'una qualche atroce violenza davanti a lui, si sente d'un tratto sciogliere le membra, e apre la bocca a un sorriso squallido, vano*) ... Scherzi?

LUCA (*si trae indietro d'un passo; ha come un tiramento convulso in una guancia presso il naso, e dice con la bocca scontorta*) No, non scherzo. Mazzarini m'ha pagato il viaggio.

PARONI A te? che dici?

LUCA Eccomi qua. E ora io, prima ammazzo te, e poi mi ammazzo.

Leva il braccio con l'arma e mira.

PARONI (*atterrito, con le mani davanti al volto, cerca di sottrarsi alla mira, gridando*) Sei pazzo? No, Luca...! Non scherziamo... Sei pazzo?

LUCA (*intimando, terribile*) Non ti muovere! O tiro davvero, sai?

PARONI (*restando come impietrito*) Ecco... Ecco...

LUCA Pazzo, eh? Ti sembro pazzo, io? E tu che ora dici pazzo a me, non hai da poco finito di dire imbecille al povero Pulino, perché prima d'impiccarsi, non è andato a Roma ad ammazzare Mazzarini?

PARONI (*tentando d'insorgere*) Ah, ma c'è una bella differenza, perdio! Una bella differenza. Perché io non sono Mazzarini!

LUCA Differenza? Che differenza vuoi che ci sia tra te e Mazzarini per uno come me o come Pulino, a cui non importa più nulla della vostra vita e di tutte le vostre pagliacciate? Ammazzare te o un altro, il primo che passa per via, è tutt'uno per noi!

PARONI Ah no, scusa! Che tutt'uno! Diventerebbe allora il più inutile e stupido dei delitti!

LUCA Ma dunque tu vorresti che ci rendessimo strumento, noi, all'ultimo, quando tutto per noi è già finito, del tuo odio o di quello di un altro, delle vostre gare da buffoni; o se no, ci chiami imbecilli? Ebbene; io non voglio essere chiamato imbecille come Pulino, e ammazzo te!

Risolleva di nuovo l'arma e prende la mira.

PARONI (*scongiurando, storcendosi, per scansar la bocca della rivoltella*) Per carità! No, Luca... Che fai?... No! – Ma perché? Ti sono stato sempre amico... Per carità!

LUCA (*mentre gli guizza negli occhi la folle tentazione di premere il grilletto dell'arma*) Férmati! Férmati! – Inginòcchiati! Inginòcchiati!

PARONI (*cascando in ginocchio*) Ecco... Per carità! Non lo fare!

LUCA (*sghignando*) Eh... quando uno non sa più che farsi della propria vita... Buffone! – Stai tranquillo, che non t'ammazzo. Alzati; ma stammi discosto.

PARONI (*alzandosi*) È un brutto scherzo, sai? Te lo permetti, perché sei armato.

LUCA Certo. E tu hai paura perché sai bene che non mi costerebbe nulla il farlo. Da bravo repubblicano, sei libero pensatore, eh? – Ateo! – Certamente. Se no, non avresti potuto dire imbecille a Pulino.

PARONI Ma io l'ho detto... così, perché... perché sai quanto mi cuoce l'onta del mio paese...

LUCA Bravo, sì. Ma libero pensatore sei, non puoi negarlo; ne fai professione sul tuo giornale...

PARONI (*masticando*) Libero pensatore... suppongo che neanche tu t'aspetti castighi o compensi in un mondo di là...

LUCA Ah, no! Sarebbe per me la cosa più atroce credere che debba portarmi altrove il peso delle esperienze che mi è toccato fare in questi ventisei anni di vita.

PARONI Dunque, vedi che –

LUCA (*subito*) – che potrei anche farlo; ammazzarti come niente; poiché questo non mi trattiene. Ma non t'ammazzo. Né credo d'essere un imbecille, se non t'ammazzo. Ho pietà di te, della tua buffoneria. Ti vedo ormai, se sapessi, da così lontano! E mi sembri piccolo e carino, anche; sì, povero omettino rosso, con quella cravatta lì... – Ah, ma sai? la tua buffoneria però, la voglio patentare.

PARONI (*non udendo bene, nell'intronamento in cui è caduto*) Come dici?

LUCA Patentare, patentare. Ne ho il diritto; diritto sacrosanto, giunto come sono al confine ormai tra la vita e la morte. E non ti puoi ribellare. Siedi, siedi là, e scrivi.

Gli indica con la rivoltella la scrivania.

PARONI Scrivo? Che scrivo? Dici sul serio?

LUCA Sul serio, sul serio. Vai a sedere là, e scrivi.

PARONI Ma che vuoi che scriva?

LUCA (*c. s. puntandogli di nuovo l'arma in petto*) Alzati e vai a sedere là, ti dico!

PARONI (*sotto la minaccia dell'arma, andando alla scrivania*) Ancora?

LUCA Siedi e prendi la penna... subito la penna...

PARONI (*eseguendo*) Che debbo scrivere?

LUCA Quello che ti detterò io. Ora tu stai sotto; ma ti conosco; domani, quando saprai che anch'io come Pulino mi sarò ucciso, tu rialzerai la cresta, e urlerai per tre ore, qua, al caffè, dovunque, che sono stato un imbecille anch'io.

PARONI Ma no! Che vai a pensare? Sono ragazzate!

LUCA Ti conosco. Voglio vendicar Pulino; non lo faccio per me. Scrivi!

PARONI (*guardando sul tavolino*) Ma dove vuoi che scriva qua?

LUCA Lì, lì, basterà che scriva su codesta cartella...

PARONI Ma che cosa?

LUCA Una dichiarazioncina.

PARONI Una dichiarazioncina a chi?

LUCA A nessuno. O insomma, scrivi, sai! A questo solo patto ti risparmio la vita. O scrivi, o t'ammazzo!

PARONI Bene, bene, scrivo... Detta.

LUCA (*dettando*) «Io qui sottoscritto mi dolgo e mi pento...»

PARONI (*ribellandosi*) Ma via, di che vuoi che mi penta?

LUCA (*con un sorriso, puntandogli quasi per gioco l'arma alla tempia*) Ah, non ti vorresti nemmeno pentire?

PARONI (*scosta un po' il capo per guardare l'arma, e poi dice*) Sentiamo di che cosa mi debbo pentire...

LUCA (*riprendendo a dettare*) «Io qui sottoscritto mi dolgo e mi pento d'aver chiamato imbecille Pulino...»

PARONI Ah, di questo?

LUCA Di questo. Scrivi: «in presenza dei miei amici e compagni, perché Pulino, prima di uccidersi non era andato a Roma ad ammazzare Mazzarini». Questa è la pura verità. E anzi, lascio che gli avresti pagato il viaggio. Hai scritto?

PARONI (*con rassegnazione*) Scritto. Avanti...!

LUCA (*riprendendo a dettare*) «Luca Fazio, prima di uccidersi...»

PARONI Ma che ti vuoi uccidere davvero?

LUCA Questo è affar mio. Scrivi: «prima di uccidersi, è

venuto a trovarmi...» vuoi aggiungere, armato di rivoltella?

PARONI (*non potendone più*)   Ah, sì, questo sì, se permetti!

LUCA   Mettilo pure, armato di rivoltella. Tanto, non mi potranno punire per porto d'arma abusivo. Dunque, hai scritto? Séguita: «armato di rivoltella e m'ha detto che, conseguentemente, anch'egli per non essere chiamato imbecille da Mazzarini, o da qualche altro, avrebbe dovuto ammazzar me come un cane».

Aspetta che Paroni finisca di scrivere, poi domanda:

Hai scritto «come un cane»? Bene. A capo. «Poteva farlo, e non l'ha fatto. Non l'ha fatto perché ha avuto schifo.»

Paroni alza il capo e allora subito, intimando:

No, scrivi, scrivi «schifo» e aggiungi «pietà» – ecco – «schifo e pietà della mia vigliaccheria».

PARONI   Questo poi...

LUCA   È la verità... Perché sono armato, s'intende!

PARONI   No, caro mio; io adesso sto qui a contentarti...

LUCA   Va bene, sì, contentami. Hai scritto?

PARONI   Ho scritto, ho scritto! E mi pare che possa anche bastare!

LUCA   No, aspetta: concludiamo! Altre due sole paroline, per concludere.

PARONI   Ma che vuoi concludere? Ancora?

LUCA   Ecco, così scrivi: «È bastato a Luca Fazio che gli dichiarassi che il vero imbecille sono io».

PARONI (*ributtando la carta*)   Ma va' là, no, è troppo, scusa!

LUCA (*perentoriamente, sillabando*)   «che il vero imbecille sono io!» La tua dignità la salvi meglio, caro, guardando la carta su cui scrivi e non quest'arma che ti sta sopra. T'ho detto che voglio vendicare Pulino. Firma, adesso.

PARONI   Ecco la firma. Vuoi altro?
LUCA   Da' qua.
PARONI (*porgendogli la carta*)   Eccoti. Ma che te ne farai, adesso? Se ti vuoi davvero levar di mezzo...
LUCA (*non risponde; finisce di leggere quanto Paroni ha scritto; poi dice*)   Sta bene. Che me ne farò? Niente. Me la troveranno addosso, domani.

> *La piega in quattro e se la mette in tasca.*

Consòlati, Leopoldo, col pensiero che io vado a fare adesso una cosa un tantino più difficile di questa che hai fatto tu. Riapri la porta.

> *Paroni eseguisce.*

Buona notte.

Tela

CECÈ

commedia in un atto

PERSONAGGI

Cesare Vivoli, *detto* Cecè
Il comm. Carlo Squatriglia, *appaltatore di lavori pubblici*
Nada, *mondana di lusso*
Un cameriere, *che non parla*

Connotati: *Cecè ha 35 anni. Per quanto già nel volto un po' leso dagli stravizii, tuttavia è nel corpo ancora vivacissimo, anzi irrequieto. Ha l'aria, se non proprio stralunata, almeno da smemorato, come uno che abbia la mente a cento cose a un tempo. Del resto, nella smemorataggine, cangia rapidamente d'espressione, al guizzo d'ogni immagine nella fantasia mobilissima. È tutto raso; simpaticissimo; occhi sfavillanti e labbra accese; naturalmente signorile, veste con raffinata eleganza. – Il comm. Carlo Squatriglia ha circa 50 anni: pezzo d'omone rude, un po' ingoffito dall'abito nuovo, cittadino, uso com'è a portare sempre, trascuratamente, quello da lavoro. Ha un occhio solo, e nessuna traccia dell'altro nel volto, perché, saltatogli per lo scoppio di una mina, se lo fece coprire con un lembo di pelle abrasa da altra parte del corpo. È ricchissimo e, fuori dagli affari nei quali è molto accorto, semplicione. – Nada ha 22 anni (può averne anche di più); vive di preziosa galanteria, e ha l'aria di una gran dama; ma, toccata nel vivo, la perde per cadere o nella sguajataggine o nell'ingenuità.*

Una stanza d'albergo di prim'ordine, con mobili d'ultima moda, a uso di salottino e di scrittojo. In fondo la comune, che dà su un corridoio. Lateralmente a sinistra, un altro uscio che immette nella camera da letto. Finestra a destra. Apparecchio telefonico nella parete di fondo, a destra della comune.

Al levarsi della tela, la scena è vuota. L'apparecchio telefonico squilla una, due, tre volte, a brevi intervalli. Cecè in pigiama, con le guance insaponate e il pennello della barba in mano, accorre dall'uscio a sinistra.

CECÈ E tre! Un momento... Cristo, sto a farmi la barba! Pronto... Chi?... Più forte, non sento... sto a farmi la barba... – Ah, Squatriglia? Come? No... dicevo tra me, sto a farmi la barba... Sì, fate salire.

S'avvia per ritornare alla camera; a un certo punto si ferma, sospeso:

Chi ha detto? Squatriglia! Uhm! Mi pare che sia commendatore...

Rientra nella camera. Poco dopo si sente picchiare alla comune.

CECÈ (*all'interno*) Avanti!

Non entra nessuno. Pausa. Si risente picchiare alla comune.

CECÈ (*venendo sulla soglia, con ira*)   Avanti!

L'uscio si apre. Il cameriere introduce il comm. Carlo Squatriglia, e si ritira, richiudendo l'uscio.

SQUATRIGLIA   Carissimo Cecè!
CECÈ   Ah, ecco, tu! Abbi pazienza: accòmodati, commendatore. Vedi, sto a farmi la barba.
SQUATRIGLIA   Se disturbo...
CECÈ   Ma no! Con te non faccio cerimonie. Séguito a radermi.

Indica la camera accanto:

L'uscio è aperto; puoi parlare. Anzi, Se vuoi, entra, entra qua.
SQUATRIGLIA   No, grazie; fa' pure con comodo; aspetto.
CECÈ   Cinque minuti. Ho bell'e finito.

Rientra. Pausa. Il comm. Squatriglia siede; aspetta un po'; trae da un grosso portafogli una carta e si mette a esaminarla.

CECÈ (*dall'interno*)   Non parli?
SQUATRIGLIA   Fa', fa'; sto qua a guardare un certo conto...

Scrolla il capo, guardando la carta:

Perdio, se non vado via presto...

Guarda l'orologio; si alza.

Cecè, devo andar via subito, sai? Sono venuto per salutarti e ringraziarti. Parto alle undici.
CECÈ (*che ha finito di radersi, e comincia ad abbigliarsi in fretta*)   Così presto? Hai sbrigato tutto?
SQUATRIGLIA   Eh, grazie a te!

CECÈ A me? Perché?

SQUATRIGLIA Ah sì! se non era per te, figùrati se avrei trovato così presto la via d'entrare a parlare con Sua Eccellenza!

CECÈ Te l'ho fatta trovare io, la via?

SQUATRIGLIA Ma come? Non ti ricordi più?

CECÈ Quale Eccellenza, scusa?

SQUATRIGLIA Con quale Eccellenza vuoi che abbia da fare un disgraziato appaltatore come me? Va' là, buffone! Ti dài le arie di confonderti, perché le conosci tutte, eh?

CECÈ Io, le arie? io, le conosco tutte, io?

SQUATRIGLIA Cos'è? T'offendi?

CECÈ Non m'offendo; mi fai rabbia! Perché ti giuro, caro, ché io non conosco, invece, nessuno. Nes-su-no, capisci? Guarda! Pensavo proprio a questo, mentre di là stavo a farmi la barba; che è una bella sorte la mia! Cecè... Cecè... Cecè... tutti mi chiamano Cecè... un passerajo... Centomila mi chiamano Cecè... a Milano, a Torino, a Venezia, a Genova, a Bologna, a Firenze, a Roma, a Napoli, a Palermo... tutti!

SQUATRIGLIA Sfido! Così conosciuto da tutti...

CECÈ Ma così conosciuto da tutti, dimmi un po' – chi posso veramente conoscere io? Ridi, ah? Eppure, caro mio, se mi ci fisso, ammattisco. Ma dimmi un po': non è uno strazio pensare che tu vivi sparpagliato in centomila? In centomila che ti conoscono e che tu non conosci? che sanno tutto di te, e che tu non sai neppure come si chiamino? a cui ti tocca sorridere, batter la spalla, dir caro! carissimo! stando sempre così a mezz'aria, senza mostrarlo, fingendo anzi sempre di ricordarti, d'interessarti? E dentro, intanto, ti domandi: «E chi sarà costui? come mi conoscerà costui? Chi sarò io per costui?». Perché mi ammetterai che noi non siamo mica sempre gli stessi! Secondo gli umori, secondo i momenti, secondo le relazioni, ora siamo d'un modo, ora d'un altro; allegri con uno, tristi con un altro; serii con questo, burloni con quello... Ti s'accostano, ti chiamano tutti Cecè; va' a ricordarti come sei per questo e come sei per quell'altro, se uno ti conosce così o ti conosce cosà. Vedi certuni rimanere a bocca aperta... Non posso mica gridare: «Oh! scusa caro: cancella! cancella! per te non sono così: per te devo essere un altro!». – Quale altro? come posso saperlo, se vivo, ti dico, sparpagliato in centomila? Se mi ci fisso, parola d'onore, ammattisco. Mi può anche capitare, perdio, di veder prima, putacaso, una moglie, che mi chiama anch'essa Cecè: sissignori, cinque minuti dopo, posso come niente mettermi a parlare di lei con suo marito di certe cose che, capirai... Ridi, ah? tu ridi?

SQUATRIGLIA Rido, perché... di' la verità... sai chi sono io?

CECÈ Ah, che centri tu... che discorsi! Te, ti conosco... ti conosco benissimo... No? dici di no?... Ma sì, che ti conosco! – Soltanto... già, forse... Ora che mi ci fai pensare... non so più se...

SQUATRIGLIA (*ridendo a crepapelle*) Vedi se è vero? Vedi se è vero?

CECÈ (*forte, seccato*) Ma che vero un corno! Ti conosco! Tu hai un fratello, perdio!

SQUATRIGLIA Filippo, sì...

CECÈ Filippo, ecco! Vedi che mi ricordo? Chi è il commendatore di voi due? Sei tu il commendatore!

SQUATRIGLIA Io, io...

CECÈ E non t'ho chiamato commendatore? Vedi che mi ricordo... Già, Filippo... Lui, l'occhio, e tu la... cioè, no: lui, la mano, e tu l'occhio, già! Una mina, eh? lo scoppio d'una mina, perbacco! Ma te lo murarono bene; te lo murarono magnificamente, sai? Bello liscio, che non pare più niente. Puoi essere contento. Mi ricordo benissimo. T'ho conosciuto a... aspetta! che ci avevi l'impresa d'un porto, o di qualche cosa di simile...

SQUATRIGLIA Ma sì! A Palermo. Per una riparazione all'antemurale del porto.

CECÈ Ecco, già, già... a Palermo! Antemurale! Vedi bene che... E così, t'ho reso proprio un servizio? Guarda,

guarda... Ho piacere... Da S. E. il Ministro dei lavori pubblici...
SQUATRIGLIA Prima dal Sotto-segretario, e poi dal Ministro...
CECÈ Ah, prima anche dal Sotto-segretario? E di' un po': una tua giornata, mi figuro, deve valere qualche... qualche migliajetto di lire, eh? forse più...
SQUATRIGLIA Capirai, stando lontano... in un'impresa come la mia... sempre in mezzo a una manica di ladri...
CECÈ (*che s'è distratto*) Sì, vado a mettermi la giacca...
SQUATRIGLIA (*stordito*) Perché?
CECÈ Hai detto che sto in maniche di camicia.
SQUATRIGLIA Ma no! Ho detto che io sto in mezzo a una manica di ladri!
CECÈ Ah, già! E t'avrò fatto, dunque, risparmiare una bella sommetta, di' la verità.
SQUATRIGLIA Ma certo, caro! Era una settimana, che mi mandavano da Erode a Pilato... Non so proprio come ringraziarti...
CECÈ Te n'affliggi? Te n'affliggi sul serio? Te ne riparti con l'afflizione di non sapere come ringraziarmi?
SQUATRIGLIA Ma sì, davvero... e... Cecè, se posso... senza cerimonie...

Accenna di cavare dalla tasca in petto il portafogli.

CECÈ (*arrestando subito quel cenno*) Ohé! che scherziamo? Commendatore, per chi mi prendi?
SQUATRIGLIA Scusami, sai! Siamo tanto amici... sei un discolaccio, sempre in mezzo a tanti imbarazzi...
CECÈ (*sopra pensiero*) Aspetta... È vero... Ma non così... il gesto che hai fatto, scusa, Commendatore, è proprio brutto...
SQUATRIGLIA Tra amici... credevo che...
CECÈ Ma gli amici, io li tratto bene! Anche se costo loro qualche sacrifizio, non è mai così, abbi pazienza. Non credere che mi sia offeso! Sto studiando il modo di levar-

ti l'afflizione, adesso. Ecco, ti vorrei dare in cambio un gran piacere... Un gran piacere che io non ho potuto mai provare... Ma mi figuro che debba essere grandissimo: quello di dire tutto il male possibile e immaginabile d'un amico, alle sue spalle, s'intende... No? Che te ne pare? Te lo vorresti prendere?

SQUATRIGLIA Cecè, non ho tempo. Debbo partire alle undici. E ancora non ho pronta la valigia.

CECÈ Ma che partire, adesso!

SQUATRIGLIA Cecè, se non parto, mi assassinano! Ti faccio vedere...

CECÈ Ma abbi pazienza! Sei venuto qua per ringraziarmi?

SQUATRIGLIA Sì.

CECÈ E hai detto che non sapevi come? Ora che te l'insegno io come, te ne vuoi partire?

SQUATRIGLIA Purché sia spiccio, ecco, il modo...

CECÈ Spiccissimo! Devi partire per Livorno? Bene. Invece del treno delle undici prenderai quello delle quindici.

SQUATRIGLIA Impossibile!

CECÈ Ma vergògnati, perdio. Confessi che ti ho fatto risparmiare non so quanti giorni, e non vuoi perdere qualche ora per me? Servizio per servizio! Più ti guardo, e più vedo che sei quello che ci vuole per me. Sì... età... statura... portamento... e poi... sì..., tu sei l'indulgenza personificata...

SQUATRIGLIA Sfido! Con un occhio sempre chiuso...

CECÈ (*baciandolo*) Caro! Sei un uomo di spirito... Per questo ti voglio bene! Dunque, senti: tu sei un amico di papà.

SQUATRIGLIA Che papà?

CECÈ Di mio papà.

SQUATRIGLIA Se non l'hai più, il papà!

CECÈ Vedi? Adesso sei uno sciocco! Tu devi essere un amico di mio papà. Papà è in commercio. Io sono in ditta con papà. Ma siamo rovinati; rovinatissimi. E siamo così rovinati per causa mia. Perché io sono... di' un po', come ti piacerebbe meglio di dire: canaglia o farabutto?

SQUATRIGLIA Canaglia!
CECÈ Di' pure canaglia. Ma anche farabutto, sai? suona bene in bocca. Puoi dire l'uno e l'altro. E biscazziere, anche...
SQUATRIGLIA Donnajuolo...
CECÈ No, quest'è niente... scusa, ti pare? Aspetta... qualche altra cosa di grosso... Falsario! Ti piacerebbe falsario?
SQUATRIGLIA Ma va'!
CECÈ Senza complimenti. Se ti piace falsario, di' pure falsario. Di' insomma, alle mie spalle tutte le improperie, tutte le infamie, tutti i vituperii che ti vengono in bocca. Poi, sta a te, di pagare, per questo piacere che ti prenderai, quanto meno ti sarà possibile.
SQUATRIGLIA Ma a chi? Perché? Scherzi o dici sul serio?
CECÈ Abbi pazienza, è vero... ancora non t'ho detto...

Guarda l'orologio:

ma non ho tempo neanche io! Perbacco, sono quasi le dieci... a momenti sarà qui... Ecco, ti dico subito, in due parole, di che si tratta. Quindici, sedici giorni fa... mi trovavo al solito, in mezzo a un passerajo d'amici. Cecè, Cecè, Cecè – nella casina del Pincio, su la veranda. Passa in automobile, caro mio, un tocco d'Eva... ma di quelli che ti fanno baciar la punta delle dita... – «Eh, Cecè, – mi dicono, – quella lì, caro, non è per te!» – Non è per me? Ma t'immagini, di', che ce ne possa essere una, che non sia per me? – «Ah sì? – dico. – Scommettiamo!» – Tutti mi gridano: – «Scommettiamo!» – «Se fra tre giorni, – dico io, – qua, a questa stessa ora, io non vi avrò dato la prova più lampante d'essere arrivato a lei, pagherò a tutti da cena, altrimenti, pagherete voi!» – Come puoi bene immaginarti, tre giorni dopo, alla stess'ora, io passavo in automobile accanto a lei, sotto la veranda della casina del Pincio, e salutavo graziosamente tutti quei cari amici, che stavano là ad aspettarmi. – Hai capito?

SQUATRIGLIA Eh... sì... ho capito...
CECÈ Non hai capito niente, abbi pazienza. Per arrivare, caro mio... conosco tutte le vie... con le aderenze di cui dispongo... Fu facilissimo. Ma, dopo arrivato... eh! dopo arrivato... – Difficile da certe scale è lo scendere, quando sei salito... Chi sale carico, scende leggero; ma chi non sale carico, amico mio... Me la son vista brutta, ecco. E, per uscirmene, ho commesso una sciocchezza, da cui m'ero sempre guardato bene. Riuscii a farle accettare, in mancanza d'altro, ma facendogliele cadere bene dall'alto, tre cambialette di duemila lire l'una...
SQUATRIGLIA Ah sì?
CECÈ Ti pare niente? Eh no, caro; di quelle bestie in giro, io non ne voglio. Ne ho avuto sempre un sacro terrore! Ti giuro che da quattro notti non ci dormo. Bisogna assolutamente che io riabbia oggi stesso quelle tre cambiali. Ho scritto jeri a Nada che me le riporti, e...

Si sente squillare il campanello del telefono.

Eccola qua. Dunque, siamo intesi.
SQUATRIGLIA Aspetta. Che intesi? Che debbo fare? Vuoi che paghi seimila lire?
CECÈ No! Ma che! Seimila? Neanche per ischerzo!

Si è appressato al telefono:

Vieni qua... Rispondi...
SQUATRIGLIA Io? Ma a chi?
CECÈ A Nada, perdio! È lei!

Corre a prenderlo, per trascinarlo all'apparecchio telefonico.

SQUATRIGLIA Sei matto? io?
CECÈ Ma vedrai che non è l'orco! Via, se siamo già intesi... Che seimila lire!

SQUATRIGLIA Ma allora, intesi su che?
CECÈ Che mi rovescerai addosso tutte le ingiurie che ti verranno in bocca... canaglia, farabutto... le dirai che mio padre è all'orlo del fallimento... che quelle cambiali in mano sua non valgono nulla... Te le farai restituire, e le darai in cambio... vedi un po'... quattrocento, cinquecento lire... non di più, sai? Non ne varrebbe la pena!

Nuovo squillo del telefono.

Sù, sù... prendi qua!

Gli dà in mano il cannello ricevitore:

Di': pronto! Subito, via!
SQUATRIGLIA Ma nient'affatto! Non sono parti per me... Io... con una donna...
CECÈ Che donna e donna! Va' là.

Nuovo squillo.

Di': Pronto! – Addio, eh? Io scappo!

Via per la comune di corsa.

SQUATRIGLIA (*al telefono*) Pronto... – Va bene... Fate salire...

Appende il ricevitore all'apparecchio, sbuffando: leva le braccia; cava il fazzoletto, si asciuga la fronte e sta in penosissima attesa, borbottando di tratto in tratto:

Perdio... perdio... Ma questo è matto!... Preso in trappola... E come faccio adesso?... Che le dico?... Oh che storia... oh che storia...

Si sente picchiare all'uscio.

Avanti!

L'uscio si apre, il cameriere introduce Nada, e si ritira, richiudendo l'uscio. Squatriglia, imbarazzatissimo, s'inchina goffamente.

NADA (*restando alla vista di quell'estraneo anch'ella impacciata*) Il signor Vivoli?
SQUATRIGLIA Il signor Vivoli, signorina... il signor Vivoli, non... non c'è...
NADA Ma come? Chi ha risposto al telefono?
SQUATRIGLIA Io. Al telefono, ho risposto io, perché... scusi, lei è la... si... signorina Nada, non è vero?
NADA Nada, va bene. Ma lei? Come si trova qua e m'invita a salire?
SQUATRIGLIA Io? No... cioè... sì... ecco, le spiego, signorina... c'è... c'è un equivoco...
NADA Non voglio sapere. Scusi, questa è ancora la stanza del signor Vivoli?
SQUATRIGLIA Sì, del signor Vivoli. Abbia pazienza, le spiego... Ho sentito al telefono una voce di donna e... ho creduto che fosse la... la mamma...
NADA (*scoppiando a ridere del comico imbarazzo di Squatriglia*) La mamma? che mamma? La sua mamma?
SQUATRIGLIA No! Che mia!
NADA Eh, lo volevo dire: scambiare la mia voce con quella della sua mamma!
SQUATRIGLIA Lasci, la prego, la mia mamma; qua non c'entra, grazie a Dio! È in paradiso da un pezzo! – Scusi, se mi sono riscaldato. Dicevo la mamma di lui...
NADA Di Cecè? Qua?
SQUATRIGLIA La... la mamma di Cecè... già... Le spiego!
NADA Ma il signor Vivoli? scusi...
SQUATRIGLIA Le spiego... Io sono un amico...
NADA Di Cecè?
SQUATRIGLIA No... cioè..., sì, pure di Cecè; ma veramente del padre, buon'anima... No, che dico buon'anima! È

vivo, purtroppo! cioè... sì... è vivo... dico purtroppo, perché è vivo per patire... Oh, creda, signorina... dolori... dolori...

NADA Mi dispiace... ma io...

SQUATRIGLIA Le spiego...

NADA Ma non voglio sapere, le ripeto! Saranno cose di famiglia. Io non c'entro. Se il signor Vivoli non è in albergo...

SQUATRIGLIA Perdoni, signorina. Lei c'entra!

NADA Io?

SQUATRIGLIA Lei. Oh, non per colpa sua, ne siamo certissimi! Tanto certi che... guardi... ci eravamo proposti, io e la mamma, di venire da lei...

NADA Da me? la mamma?

SQUATRIGLIA La mamma di Cecè!

NADA Venire da me?

SQUATRIGLIA Per metterci nelle sue mani, signorina!

NADA Ma che scherzo è questo? Io conosco il signor Vivoli da una ventina di giorni appena. Sono venuta qua, perché lui stesso...

SQUATRIGLIA Per carità, non dica altro! Ne siamo più che convinti, le ripeto... E ben per questo volevamo venire da lei!

NADA Ma dice sul serio?

SQUATRIGLIA Come!

NADA Sul serio, con la mamma, da me?

SQUATRIGLIA Le spiego. Perché sappiamo che lei, signorina, è stata vil... vilmente... vorrei dire di più... vorrei dire, m'ajuti lei... spudoratamente, ecco... e forse è poco... spudoratamente ingannata da quella canaglia, da quel farabutto, da quel cagliostro... – no, la prego, mi lasci dire – biscazziere, donnajuolo, falsario, ladro, assassino...

NADA Ed è suo amico?

SQUATRIGLIA Sissignora. Amicissimo. Ma della sua casa. Di suo papà, che è una perla d'uomo, il più gran galantuomo che Dio abbia fatto e messo in terra! Signorina, noi abbiamo saputo, per confessione di lui stesso...

NADA   Di Cecè?
SQUATRIGLIA   Appunto, signorina, di Cecè...
NADA   Che cosa?
SQUATRIGLIA   Che in un momento supremo come questo, in cui la più lieve spinta... che dico?... un soffio, signorina, un soffio... così, può mandar tutto a catafascio... determinare la più spaventosa catastrofe...
NADA (*quasi tra sé*)   Oh, per carità...
SQUATRIGLIA (*sconcertato*)   Come dice?
NADA   Dico, per carità... Lei ha un certo modo di parlare... Se si vedesse...
SQUATRIGLIA   Parlo male? Mi... mi agito troppo?
NADA   Ecco, sì... si agita troppo, è... Dio mio

si nasconde la faccia

non posso vederla... così agitato... Parli più calmo...
SQUATRIGLIA   Mi proverò... Lei mi perdoni... M'investo della mia parte d'amico... È il momento, le dicevo... la... la catastrofe non solo d'una casa, ma dell'onore, signorina, dell'onore d'un povero vecchio assassinato dalla condotta infame, dalle nequizie più scellerate del figlio...
NADA   Calmo... più calmo, per carità! Mi pare che...
SQUATRIGLIA   Che cosa?
NADA   Lei non si vede!
SQUATRIGLIA   Ecco, più calmo, sissignora... In un momento simile, dicevo... questo figlio si espone a firmare... a mettere in giro... sì, dico... lei lo sa... sono tre, è vero? di duemila lire, ciascuna, è vero?
NADA (*con un sobbalzo*)   Ma che vergogne son queste?
SQUATRIGLIA   Vergogne... ecco, proprio... sì! Sono vergogne, lei dice bene, signorina; vergogne, vergogne! E io ne sono stomacato, creda; e Dio solo sa quello che sto soffrendo a parlarne ora con lei! All'orlo del fallimento, signorina...
NADA (*squadrandolo*)   Ma basta! Sa che lei è buffo sul serio?

SQUATRIGLIA (*restando*) Io? Ah, me l'immagino... E creda che... sono tutto... tutto sudato, signorina!

NADA Lo credo bene! Fare una tal parte... Si rassetti, via, si raschiughi, caro signore. Io me ne vado.

SQUATRIGLIA No, per carità, non se ne vada! M'ascolti, la scongiuro, signorina! Non posso lasciarla andare.

NADA Ma che cosa vuole da me? Non mi sono mai trovata in un caso simile!

SQUATRIGLIA Me l'immagino! E creda che comprendo e apprezzo il suo sdegno. Ma non se ne vada... m'ascolti! Vorrei che fosse qui... Già dovrebbe esser qui... Non so dove sia andata, benedetta donna... Dico, la mamma, signorina.

NADA E dàlli con la mamma!

SQUATRIGLIA Per unirsi a me nella preghiera!

NADA Ma davvero non se ne vergogna?

SQUATRIGLIA Sissignora, me ne vergogno tanto! Ma bisogna che le esponga la situazione... Codeste tre cambiali...

NADA Ancora?

SQUATRIGLIA Se non ne abbiamo parlato...

NADA Ma non capisce, scusi, che se pure ero disposta, venendo qua, a gettarle in faccia a lui direttamente, ora, per quest'affronto, di farmene parlare da un altro, io me le tengo qua

batte la mano su la borsetta

e provoco uno scandalo?

SQUATRIGLIA Benedetta! Benedetta! Sì... Oh creda, signorina, che se lei avesse in pugno veramente un'arma contro di lui, un'arma che potesse colpirlo, colpir lui solo, e distruggerlo, annientarlo, io e il padre, e la madre stessa, le grideremmo: Forte! sù! colpisca! subito! lo distrugga! lo annienti, questo miserabile! questo aborto di natura! questo ributto dell'umanità. – Ma lei non ha nessun'arma contro di lui! Ha lì tre pezzi di carta, che non valgono nulla!

NADA C'è la sua firma!
SQUATRIGLIA E che vuole che valga la sua firma? Zero! Che scandalo vuol provocare, se egli è vissuto sempre in mezzo allo scandalo, se è notoriamente uno svergognato, il ludibrio di tutti!
NADA Cecè?
SQUATRIGLIA Cecè, Cecè, Cecè...
NADA Ma se vive in mezzo alla migliore società!
SQUATRIGLIA Perché le fa da buffone, signorina! Perché sguiscia e s'intrufola da per tutto! Perché presta a chiunque i più laidi servizii!
NADA Cecè?
SQUATRIGLIA Cecè. Lei non sa, non immagina, signorina, di che cosa sia capace quell'uomo! Ma se ha imbrattato di fango la calvizie veneranda del padre! il nome, l'onore della famiglia! se ha dilaniato il cuore della madre... vede? L'arma che lei ha costì, in codesta borsetta, si ritorcerebbe contro questi due poveri vecchi, già caduti a terra e calpestati da tutti; eppure, guardi, le direi: – «Faccia, s'avvalga di codesta arma, colpisca questi due poveri caduti!» –, se sapessi che qualche vantaggio materiale ne potesse venire a lei. Ma no! Sarebbe una barbarie, inutile! Tutto quel poco che resta alla famiglia, è oberato già, da gran tempo, da ipoteche, per la maggior parte scoperte. Scoperte, signorina! S'è stabilito or ora, a stento, mercé mia, un accordo tra i creditori; ma un accordo così pieno di sfiducia da parte di tutti i contraenti, che un soffio lo manda giù, come un castello di carta. Basta il minimo protesto d'una nuova cambiale messa in giro, e il crollo è inevitabile. Ne resta schiacciato un povero vecchio, una povera donna... Lui, no! Ah, lui, no! Se ne restasse schiacciato lui solo! Ma che importa a lui del crollo? che importa a lui del disonore, della morte d'un povero vecchio? Lui firma cambiali, séguita allegramente a firmare per seimila lire! Signorina, guardi: io sono amico da fratello di quel povero vecchio, e per questi tre pezzi di carta, che in sua mano non rappresentano nulla, pro-

prio nulla, arma inutile per colpire lui, ma che possono fare un gran male a chi non ha né colpa né peccato, per questi tre pezzi di carta, da cui lei non potrebbe cavare nessun vantaggio – neanche morale, di vendetta – io sarei disposto, signorina...

Si porta una mano nella tasca interna della giacca, ne trae il portafogli, lo apre titubante, ne cava un mazzetto di biglietti di banca.

NADA (*all'atto, con sdegno*)   Ah, un mercato!
SQUATRIGLIA   No! che mercato! mi rimetto a lei, signorina, alla sua generosità!
NADA   Generosità, per una simile impudenza! Vuole ch'io sia generosa?
SQUATRIGLIA   Non per lui!
NADA   E che m'importa degli altri?
SQUATRIGLIA   Ma appunto per questo, vede... mi permettevo d'offrire...
NADA   Un po' di denaro per la mia generosità? Quanto? Qualche migliajo di lire?
SQUATRIGLIA   No... mi rimetto...
NADA   Caro signore, lei sbaglia. Crede d'avere a buon mercato un sentimento, quale la generosità, da una donna come me?
SQUATRIGLIA   Ma... anzi... ho sentito dire...
NADA   Che siamo generose? Oh, ma non così! Non per questo! Per amore, se mai! Non per uno che ci mandi una terza persona a supplicarci in nome dei parenti; che mescoli nella sua vergogna la propria madre, l'onore del padre, della famiglia. Questo indigna! Che vuole che m'importi di tutta la storia che m'ha raccontato? Io non provo in questo momento altro che schifo, e una tal rabbia, che se avessi qua, in vece di lei, quel mascalzone...
SQUATRIGLIA (*subito con sincera e comicissima espressione*)   Lo ucciderebbe? l'ucciderei anch'io, creda, signorina!

NADA   Lei mi fa ridere...

Scoppia a ridere.

SQUATRIGLIA   Sì... rida... rida... rida di me, quanto vuole... io non m'offendo, signorina. Creda che... che sono mortificato... avvilito...
NADA   Ma ha avuto un bel coraggio, mi sembra!
SQUATRIGLIA   Per forza... mi... mi trovo in mezzo... M'ajuti, m'ajuti lei a uscirne, per carità... sono... sono così disadatto...
NADA   Lo vedo. Vuole le cambiali?
SQUATRIGLIA   Se... se crede...
NADA   Lei dice che non valgono nulla?
SQUATRIGLIA   Nulla: questo glielo posso proprio giurare: nulla, signorina!
NADA   E allora doveva dirmi così.
SQUATRIGLIA   Gliel'ho detto!
NADA   No, così e nient'altro. E doveva aggiungere che, protestandole, io farei ridere le mie amiche, perché farei loro sapere che ho avuto la dabbenaggine d'accettarle. Capisce? Così doveva dirmi! E non fare appello alla mia generosità. Io non posso essere generosa. Io mi devo vendicare. E creda che saprò trovare il modo di vendicarmi, e mi vendicherò ferocemente. Oh se mi vendicherò! Questa mortificazione, questo schifo che m'ha fatto provare, perdio, lo sconterà!

Di scatto risoluta, apre la borsetta, ne trae le cambiali e gliele porge.

Ecco a lei le cambiali. Se ne vada! Se ne vada via subito!
SQUATRIGLIA   Graz...
NADA   Non mi ringrazii!
SQUATRIGLIA   No... ma... mi permetta... mi conceda...

Timido, con le dita tremolanti, trae dal mazzetto alcuni

biglietti di banca e li depone sul tavolino, sotto il calamajo.

NADA   No! Non voglio! Non voglio!
SQUATRIGLIA   Mi lasci fare... per favore... non so se faccio bene o male...
NADA   Non voglio, le dico! Si riprenda quel denaro!
SQUATRIGLIA   Ma scusi... guardi... per me... il poco che posso fare... me... me lo lasci fare... per un favore... a me... particolare...
NADA   Quanto ha messo lì?
SQUATRIGLIA   Mille e cinque... cinquecento lire, signorina, ma...
NADA   Mille e cinquecento?
SQUATRIGLIA   Se... se è poco...
NADA (*contrariata cava dalla borsetta una busta intestata e aperta e gliela porge*)   Guardi questo conto.
SQUATRIGLIA (*prende la busta, ne trae imbarazzato, non comprendendo, un conto da modista, e legge*) Cappello a cupola piana, con grande Paradis bianco naturale, Lire milleseicentocinquanta.

La guarda. Nada col dito gli indica il cappello che ha in capo. Comprende e s'affretta a dire:

Ah... sì... subito... Volentieri...

Trae dal mazzetto un altro biglietto da cento e uno da cinquanta, e li mette insieme con gli altri sul tavolino, sotto il calamajo.

Ecco fatto... Mi scusi, se... E grazie, signorina... con tutto il cuore... anche a nome...
NADA   Basta, la prego!
SQUATRIGLIA   Ha ragione. Scappo, corro a dar l'annunzio del suo atto generoso... – no, no... non aggiungo altro...

Le porge la mano:

Permette?

Gliela stringe, s'inchina:

La ossequio.

Via per l'uscio in fondo. – Nada, rimasta sola, fa atti di nausea, di rabbia; passeggia, infuriata, per la stanza.

NADA Ah, me la pagherà... me la pagherà... Vigliacco!... Ah, che cosa... Vigliacco! Vigliacco!...

Si ferma innanzi al tavolino, prende i biglietti di banca, li conta con ira e con sprezzo, li caccia dentro la borsetta, e poi resta a pensare un po', mordendosi un dito, con gli occhi sfavillanti, foschi di minaccia. Alla fine, si riscuote, siede innanzi al tavolino, trae dalla cartella un foglio di carta, una busta:

Aspetta...

Si mette a scrivere. Pausa. Mentre Nada, con le spalle voltate all'uscio scrive, l'uscio s'apre silenziosamente, e Cecè vi s'affaccia, col cappello in capo, a sghembo; poi entra, lo richiude senza far rumore, e in punta di piedi si appressa a Nada e l'abbraccia per di dietro.

CECÈ Naduccia mia bella!
NADA Ah? Tu? Con che faccia osi presentarti a me?
CECÈ Che cos'è?
NADA Hai l'impudenza...
CECÈ Perdonami: t'ho fatto aspettar troppo? Non credevo di far così tardi. Via, eccomi qua...

Le presenta la faccia sorridente.

NADA Pigliati questo!

Gli appioppa uno schiaffo sonoro.

CECÈ Oh Dio... troppo forte... M'hai fatto male... perché?
NADA Perché? Hai il coraggio di domandarmi il perché?
CECÈ No, perdono! t'ho chiesto perdono... Infine, che cos'è? Avrai aspettato una mezz'oretta...
NADA Ah, per questo?
CECÈ E perché altro? Che cos'è?
NADA Sei stato con la mamma?
CECÈ Con la mamma? Che mamma?
NADA Con la tua mamma, che doveva venire a pregarmi, a scongiurarmi d'aver pietà...
CECÈ La mia mamma? Che dici? Sei matta?
NADA Ah, sono matta? Imbroglione!
CECÈ Che mamma, scusa? dov'è la mamma? che c'entra la mia mamma?
NADA Imbroglione! Lo so bene che non c'entra! Ah, ti pare che ci abbia creduto?
CECÈ Ma a che? Sei proprio impazzita? Che t'è accaduto?
NADA Il fallimento! la rovina! il disonore! tutto a catafascio per le tue nequizie! Un povero padre, a cui hai inzaccherato la canizie veneranda! Una povera madre... – imbroglione! gaglioffo! Come non ti vergogni?
CECÈ (*serio, con freddezza grave*) Ma tu farnetichi, mia cara! Ti prego di spiegarmi. Io non capisco nulla.
NADA Ah no? Proprio? Non capisci nulla?
CECÈ Che vuoi che capisca? Ti vedo infuriata... Credevo che fosse per il mio ritardo... Ma ora...
NADA (*andandogli incontro con le mani tese, arrovesciate*) È possibile una faccia così a prova di bomba? Ma come? quell'uomo dall'occhio murato?
CECÈ Dall'occhio murato?
NADA Che ho trovato qua, al tuo posto?
CECÈ Un uomo dall'occhio murato?
NADA Amico di tuo papà!

CECÈ Ma che dici? Tu sei impazzita davvero! Hai sognato! Io non ho papà, io non ho mamma; che dici?
NADA Che! Vuoi farmi impazzire sul serio? Bada, sai! Se è uno scherzo...
CECÈ Ma che scherzo. Ti dico che non capisco nulla! Spiègati! Chi hai trovato qua, al mio posto? Un uomo con l'occhio murato? che vuol dire murato?
NADA Murato, murato... così.

Si tappa un occhio con la mano.

CECÈ L'hai trovato qua? E come?
NADA Che ne so io? Era qua. Ho telefonato; m'hanno invitata a salire. Credevo di trovar te; ho trovato lui.
CECÈ E chi l'aveva fatto salire?
NADA Lo domandi a me?
CECÈ (*simulando sgomento, poi ansia e costernazione*) Con l'occhio murato? Dio... qua? Di' sù, che t'ha detto?
NADA Che aspettava tua madre per venire da me a pregarmi...
CECÈ Mia madre? E tu ci hai creduto?
NADA Ti dico di no!
CECÈ A pregarti di che?
NADA Di restituire le tre cambiali.
CECÈ (*con ansia aggressiva*) E tu?
NADA (*smarrita*) Come, io?
CECÈ Tu gliel'hai date?
NADA S'è messo a parlarmi della rovina della tua casa...
CECÈ Ah, canaglia! E poi?
NADA Che tuo padre era all'orlo del fallimento...
CECÈ Mio padre? Ah, farabutto!
NADA Che bastava una spinta, un soffio a mandar giù un accordo ch'era riuscito a stabilire tra i creditori...
CECÈ Lui? Assassino! ladro!
NADA Con tanta furia, che mi pareva... Dio, che ribrez-

zo!... mi pareva che l'altro occhio dovesse schizzargli dalla faccia e saltarmi addosso...

CECÈ Ma rispondi a me; tu gli hai dato le cambiali?

NADA M'ha detto, dimostrato, che non valevano nulla, che non avrei potuto cavarne alcun vantaggio...

CECÈ E gliel'hai date? Disgraziata! Mi hai rovinato, mi hai rovinato, mi hai rovinato!

NADA Io? Ma come? Per giunta?

CECÈ Rovinato! Sai chi è costui? Il più feroce strozzino ch'esista sulla faccia della terra! Una sanguisuga! Un vampiro!

NADA Quello lì?

CECÈ Quello lì! quello lì! Com'hai fatto a credergli?

NADA Non ho creduto...

CECÈ E allora?

NADA Ma ho creduto che l'avessi mandato tu...

CECÈ Io?

NADA Per riavere le cambiali...

CECÈ Io? Ma come? Se t'avevo scritto io stesso di riportarmele qua! Te le volevo cambiare... Volevo ritirarle... darti il danaro... Come ti sei arrischiata a dargliele? Oh, che assassinio! M'hai rovinato!

NADA Che ne so io? Chi lo conosceva?

CECÈ Quello lì?

NADA Sì... tutto impacciato... pregava... sudava...

CECÈ Ma perché sa fare lo scemo a meraviglia, sfido! Non c'è parte che non sappia fare! Da usurajo e da mezzano, da tiranno e da schiavo, l'asino e il porco, la serpe e la jena; la tigre e il coniglio! E tu gli hai creduto... e sei caduta nella ragna ch'egli t'ha tesa... Ma ora il midollo lo succhierà a me! Non aveva potuto aver mai in mano un mio pezzo di carta, per vendicarsi! Da anni mi faceva la posta, mi dava la caccia! Perché io gli ho strappato dalle grinfie più d'una preda, capisci? e l'ho svergognato pubblicamente... Ma come ha saputo di queste tre cambiali? com'ha saputo che tu dovevi venir qua a restituirmele? Di' la verità, tu ne hai parlato con qualcuno?

NADA M'ha detto che lui lo sapeva per tua stessa confessione!
CECÈ Per mia stessa confessione? Ti pare possibile? Tu ne avrai parlato con qualche tua amica...
NADA No... ma... veramente ne... ne ho fatto cenno...
CECÈ A chi?
NADA Non ricordo... a un tuo amico...
CECÈ E quello tiene spie da per tutto! E forse... ma certo, sì, me l'ha mandato lui questa mattina tra i piedi quel seccatore, che m'ha trattenuto più di mezz'ora, per dar tempo a lui di venire qua e di sorprenderti... Ah, che assassinio! E come faccio adesso? come faccio? Tre cambiali... il cento per cento... mi farà pagare il cento per cento su quelle seimila lire... seppure, seppure... Ma come! Tu gliele hai date così... per niente? tre cambiali con la mia firma!
NADA No... m'ha date alcune centinaja di lire...
CECÈ Ah, alcune centinaja? Quante?
NADA Mille... milleseicento... seicentocinquanta.
CECÈ Strozzino! Milleseicentocinquanta per seimila, su cui mi farà il cento per cento.
NADA E me ne voleva dare anche meno!
CECÈ Hai capito? Ha cercato anche di tirare!
NADA No... veramente... appena gli ho fatto vedere la nota del cappello...
CECÈ Quale cappello? Codesto? Ma scusa, se codesto te l'ho pagato io?
NADA E che vuol dire? Il conto l'ho sempre qua.
CECÈ Ho capito. Milleseicentocinquanta? Vuol dire che lo pagherò due volte io, codesto cappello. Le aggiungerà agli interessi.
NADA No, no, senti, Cecè, almeno queste...
CECÈ (*con scatto di sdegno*) Ma va'! Che ti passa per il capo?
NADA Cecè, te ne prego!
CECÈ Sta' zitta! Sei matta?
NADA Fammi questo piacere...

CECÈ Dici sul serio? Mi dispiace anche per te. Ma ti sta bene, sai? Hai potuto credere a tutte le infamie, che colui t'avrà dette di me? Che t'ha detto? Che t'ha detto?
NADA (*fa con ambo le mani un gesto espressivo*) Caro mio...
CECÈ (*assorto*) E sono in bianco capisci? Senza scadenza fissa... Me le può protestare quando vuole... Ma non me le protesterà! Non è matto! Mi terrà... così, sotto la minaccia, per impormi gl'interessi a suo piacere... e mi succhierà il sangue, come ha fatto a tanti altri.
NADA Povero Cecè... vieni qua...
CECÈ Lasciami stare! m'hai rovinato.
NADA Ti compenserò io, Cecè...
CECÈ (*accorrendo e abbracciandola*) Ah, cara mia, lo credo bene! Mi compenserai alla stregua dell'usura che mi farà quello lì!
NADA Anche di più!
CECÈ Ma è pure la rabbia, capisci? la rabbia d'esser caduto in quelle mani!
NADA E ti farò passare anche la rabbia, sta' zitto... Siedi qua.

Lo fa sedere e gli si siede su le ginocchia.

Così...
CECÈ Comincia il compenso? Subito un bacio qua!

Indica la fronte.

NADA Ecco un bacio qua...
CECÈ Di' un po', me ne ha dette molte, quell'infame?
NADA Tante... Tante...
CECÈ Per ognuna, un bacio! E dove voglio io... Cominciamo! Che t'ha detto?
NADA Canaglia!
CECÈ Subito un bacio qua!

Indica la guancia destra.

NADA (*ride e lo bacia su la guancia destra*).
CECÈ   Sù, avanti, che altro t'ha detto?
NADA   Aspetta... aborto...
CECÈ   Aborto?
NADA   Di natura...
CECÈ   Aborto di natura?

Balza in piedi. Nada gli scappa e corre per la stanza, ridendo.

Vieni qua... vieni qua...
NADA   Lasciami levare il cappello...
CECÈ   Milleseicentocinquanta! E il resto! Nada, vieni qua.
NADA   Eccomi.
CECÈ (*risiede, con Nada su le ginocchia*)   Dunque, aborto di natura? Eh...

Indica con un dito la bocca:

questa volta qua, qua, cara mia...
NADA (*si china per baciarlo in bocca, e – a questo punto – sarà meglio che cali la*

Tela

Appendice

LA RIPRESA DEL TEATRO D'ARTE
DI «LA SIGNORA MORLI»

Dopo il fallimento dello spettacolo alla prima storica del 12 novembre 1920, nonostante la presenza della grande Emma Gramatica, Pirandello ripropose *La signora Morli, una e due* con il Teatro d'Arte. La prima avvenne a Firenze, il 13 marzo 1926, con il mutato titolo di *Due in una* (che però non divenne definitivo: in tutte le edizioni del dramma la dicitura del titolo continuò a restare *La signora Morli, una e due*). Il successo non mancò questa volta alla realizzazione. Simoni (di cui riportiamo qui di seguito la recensione in occasione delle repliche milanesi) non nascose alcune perplessità a fronte di un assunto un po' troppo astratto, ma lodò incondizionatamente la prova d'attrice di Marta Abba.

Ci sono due donne nella signora Evelina Morli; una gaia, sventata, capricciosa, festosa; l'altra seria, placida, assennata. Niente di strano e niente di raro. Queste potrebbero essere, nella vita comune, variazioni d'umore. Ma, nella signora Morli, tali stati d'animo sono strettamente legati a condizioni di fatto così contrarie e incomparabili, che diventano quasi due forme recisamente antagonistiche della personalità, tendenti a sopraffarsi a vicenda.

Cercherò di precisare l'intreccio di questa commedia di Luigi Pirandello, presentata ieri al Filodrammatici. Evelina aveva in Ferrante Morli il più fragoroso, irrequieto, fervido e giocondo dei mariti. Cinque anni di matrimonio con quest'uomo furono una letizia continua. Ma una letizia che costava molto. Tanto che un brutto giorno Ferrante si è trovato sull'orlo del fallimento, compromesso in certi pasticci di danaro, innocente, ma in pericolo di venire arrestato. È scappato via, senza dar segno di sé, lasciando la moglie con un bambino, Aldo. La disgraziata Evelina non ha avuto che un pensiero: salvare almeno la reputazione del marito scomparso, a costo di sacrificare la propria dote. S'è rivolta, per questo, all'avvocato Lello Carpani. L'avvocato ha messo un po' d'ordine in quegli affari arruffati, ha evitato il processo, e s'è innamorato di Evelina. Dopo qualche anno di malinconica resistenza, la signora Morli ha cessato di opporre un cuore di pietra all'adorazione di Lello. Gli si è data, gli ha portato in casa il suo Aldo e ha messo al mondo una bambina, la Titti. Naturalmente, dopo tutte quelle amare esperienze del passato, ha perduto la voglia delle follìe; e, anche per far dimenticare che dell'avvocato Carpani è l'amante e non la moglie, è diventata una donna ordinata e calma e seria; esemplare, insomma. Il tempo è passato così, quieto, liscio, buono, senza dolori, in una casa un po' uggiosa, ma tanto rispettabile.

Tredici anni dopo, Ferrante Morli riappare, e si presenta in casa dell'avvocato. Non per riprendersi la moglie. Non ci pensa neppure. Viene, anzi, a tranquillare Lello ed Evelina, che, a saperlo tornato, potevano spaventarsi; e viene anche spinto dalla curiosità di vedere suo figlio Aldo, che ora è un giovanotto. Si dirà che un padre che non vede il figlio da tredici anni, o deve essere più che curioso, se ha nel cuore qualche rimasuglio di affetto, o non deve essere neppur curioso, se è sordo alla voce del sangue. Ma noi vedremo più tardi che i personaggi di questa commedia hanno tutti perduto, come dire?, la coscienza e il sentimento del loro stato di famiglia. Nel marito non c'è mai la sensibilità di marito, nel figlio non c'è mai quella di figlio.

Naturalmente l'avvocato Carpani non è molto contento di trovarsi davanti, vivo e prospero, e nuovamente ricco, lo sposo legittimo della sua amante; e anche Evelina è turbata dalla presenza di quell'uomo del suo passato, che risuscita in lei memorie sgradevoli, perché sono di passioni così diverse dal benessere saggio e tranquillo che gode ora. L'unico soddisfatto è Aldo, il figliolo. Egli dichiara che, poiché suo padre è tornato, andrà a stare con lui. Ed ha ragione, freddamente, con una sciolezza e con una disinvoltura eccessiva, senza sentire alcun disagio, nessuna pena, per quella sua madre che resta con un uomo che non è quello che ha dato a lui la vita. Ma, in ogni modo, prende una decisione giusta. E poiché il dramma è della signora Morli, che vorrebbe essere una e si trova divisa in due, loderemo la discrezione del ragazzo, che non mette avanti il suo dramma personale a detrimento di quello materno; tanto più che il suo dramma personale non sarebbe affatto nuovo. Ma un po' meno tranquillo, un po' meno sicuro, un po' meno allegro, via, Aldo potrebbe esserlo; se non altro per mettere un po' di umanità in questa commedia che teoricamente ne ha tanta e sì complessa e terribile, ma manca di quella caldezza di sentimenti che rende drammatiche anche le idee, e impedisce che restino astratte e si gelino nella lucidezza delle parole.

Il figlio parte col padre; e si pattuisce che Evelina qualche volta lo rivedrà. Ma, dopo un poco, Aldo ha una gran voglia di riabbracciare sua madre; e, con la complicità di Ferrante, telegrafa che una grave malattia l'ha colpito. Evelina accorre, e trova il ragazzo florido e di buon umore. Sulle prime si offende per essere stata ingannata; ma, circuita e accarezzata, perdona, e va a passare otto giorni in casa di suo marito. Otto giorni rispettabili, nei quali ella resta scrupolosamente fedele all'amante. Ma, vicina a quell'uomo vivacissimo, sbrigliato e pittoresco, e a quel figlio che gli somiglia, ella ritrova in sé l'Evelina d'un tempo, la prima signora Morli, la donna dalla gioia argentina e dagli occhi ridenti. Anche l'amore sommerso, l'amore obliato, rinasce, colle sue tentazioni, che ella vince, sebbene la vittoria non le sia né facile né piacevole. Certo ella resterebbe con Ferrante, ricostruirebbe, con lui, la vita passata, che era bella e brillante, e ogni giorno fresca e nuova; ma, laggiù, in un'altra città, c'è quell'uomo che aspetta; c'è l'amante un po' tetro, ma onesto, ma rassicurante; e con lui c'è la Titti, la piccola Titti; e si sa che, dal Carducci in poi, quando la Titti aspetta, non si ascoltano né le voci dei cipressi, né le voci del cuore che vuol tornare giovane. Si parte. Evelina parte, lasciando nella desolazione Ferrante ed Aldo.

A casa trova accoglienze tempestose. L'avvocato Carpani ha saputo che Aldo è sempre stato benissimo, ed è furente perché Evelina è rimasta otto giorni nella casa del marito. Qui Evelina si dà un gran da fare per persuadere l'amante che deve essere contento perché è tornata da lui; come, nell'atto precedente, s'era data un gran da fare per convincere Ferrante che, anche lui, doveva essere contento se ella lo piantava. Ferrante l'ha lasciato perché lo ama; da Lello torna perché non può ormai vivere che con lui. Per spiegare questo enigma bisogna ricordare ch'ella ha due figli; Aldo, che sta con uno dei suoi due uomini, e la Titti, che sta con l'altro. Ora, se ella rimase con l'amante, avrà sempre il diritto di rivedere Aldo perché, se si è staccata dal marito, se si è legata a Carpani, la colpa è di Ferrante. Verso di lui non ha peccato in nulla. Ma, se tornasse con Ferrante, come potrebbe rivedere la Titti? Si renderebbe colpevole di tradimento verso Carpani, che potrebbe allontanarla per sempre dalla sua creatura. Ecco, dunque, che le due donne, che coesistono nella signora Morli, sono tra di loro implacabilmente nemiche. Ecco come ella, che vorrebbe essere una sola, entro il cerchio di una sola vita, raccogliendo intorno a sé i suoi affetti più profondi, deve far trionfare la mesta signora Morli, e restar vicina all'uomo che non ama, per poter avere tutti e due i suoi figli; e deve rinnegare e soffocare la ridente signora Morli, perché, se questa vincesse, ella palpiterebbe di beata voluttà fra le braccia del marito, che sa darle brividi di desideri, ma non avrebbe che un figlio; l'altra le verrebbe tolta.

Ora questo dramma di due personalità ostili in un'anima sola, questo dramma della donna che non riesce a trovare la sua unità, cioè la sua pienezza e chiarezza di vita, cioè la sua pace nell'equilibrio tra i suoi affetti, è stato posto dal Pirandello, con elementi positivi, drammatici, teatrali. Quei due figli, uno da una parte, e uno dall'altra, uno in una vita e uno nella vita opposta, rappresentano due forze contrastanti di primissimo ordine. Non poteva, dunque, l'autore scegliere meglio e più umanamente esprimere i termini del conflitto, e i suoi elementi vivi, operanti, possenti. Eppure, malgrado questa ingegnosa, accorta, geniale impostazione del dramma, il dramma manca, e si disumana subito, e i figli diventano ombre incolori di figli, sì che la madre, oscillando fra di essi, non esita tra due affetti, ma quasi tra due convenienze sociali. Il dibattito prende il posto della passione, mentre doveva mescolarsi alla passione, assumerne la vibrazione e l'accento. Evelina, però, o bene o male, ha un qualche palpito di vita; ma gli uomini che la circondano, e se la contendono, sono espedienti, avvocati avversari in un processo. Gli avvenimenti hanno messo costoro in singolari condizioni. L'uno è un marito colpevole, che ama la moglie, ed è costretto a lasciarla nelle braccia di un rivale. Quale varietà di sentimenti, di turbamenti, quale ricchezza di azioni e di reazioni ci potevano essere in lui! Invece niente! Egli pare libero da ogni tormentosa passione e solo scaldato da qualche capriccio, o sfiorato da un'ombra di malinconia. Ora, è disposto a rinunciare facilmente alla sua donna; ora è pronto a riprenderla, con gaiezza, per divertirsi con lei in pranzi o in corse al galoppo, come se nulla fosse avvenuto, come se non ci fossero stati di mezzo anni di convivenza con un altro, e una figlia nata da quella convivenza. L'amante, dal canto suo, rimane otto giorni senza notizie di Evelina, che sa vicina ad un uomo che l'amò e che ella amò; e si limita a mormorare torbido, inquieto e geloso. Tutti e due hanno una sola missione: quella di interrogarla, perché ella, rispondendo, cerchi sé in sé, con una sottilità di indagine, e un'analisi acuta fino allo spasimo, che creano intorno al personaggio un clima rigido, nel quale esso perde la bellezza della commozione.

Naturalmente sentiamo e ammiriamo anche qui l'ardito originale inimitabile Pirandello, con la sua disperazione filosofica; ma è difficile che questa disperazione del pensiero diventi sentita e vera in una media figura teatrale, dibattendosi fra casi ed affetti che richiedono ansie, palpiti e lagrime, non introspezioni. È ammirabile sempre la delicata profondità di scoperte psicologiche delle quali questo grande scrittore è capace. C'è, anche in questa commedia un po' grigia, una magnifica nobiltà intellettuale, una superiorità di tono, una poesia e una risonanza di cose occulte e potenti; ma egli è rimasto a mezza strada tra l'idea e la realtà, tra lo spirito e la vita, tra il pensiero e la forma.

Il pubblico ascoltò con rispetto e con attenzione e applaudì tre volte dopo il primo atto, tre dopo il secondo, una a mezzo il terzo e due alla fine. L'interpretazione, sebbene mancasse di varietà, fu in complesso, efficace, specialmente da parte della signorina Abba che trovò accenti di chiara e sobria passione.

(Renato Simoni, *Trent'anni di cronaca drammatica*, ILTE, Torino 1954, vol. II, pp. 322-325.)

PRAGA: NIENTE UMANITÀ, SOLO IL PROBLEMA CENTRALE

La recensione di Marco Praga (anch'essa in relazione alle repliche milanesi, come quella di Simoni) testimonia, come spesso accade al critico, della incapacità e impossibilità per Praga di comprendere Pirandello, le cui opere gli sembrano prive di umanità, intrise unicamente del tilgheriano «problema centrale», come dice espressamente in un punto della recensione. Ed è forse questo partito preso antipirandelliano che spiega anche il giudizio fortemente negativo nei confronti della resa attorica della compagnia, e in particolare della Abba, una promessa mancata (per colpa, ovviamente, di Pirandello drammaturgo) cui sarebbe stato più utile «un repertorio più vasto e più vario», con dei testi «in cui ci fosse dell'umanità, e il cuore dell'attrice potesse vibrare, e la passione prorompere». Cioè un repertorio diverso e opposto da quello impostole da Pirandello nella sua compagnia del Teatro d'Arte.

Signore e signori, vi presento il signor Ferrante Morli. Ve lo presento perché è una persona ammodo... Ma no, che dico? Ammodo! Siamo in tanti, a questo mondo, persone ammodo, e insieme, magari, degli insopportabili seccatori che starne alla larga è una graziadiddio. Il signor Ferrante Morli, invece, pur essendo un galantuomo e d'ottimo cuore, leale, generoso, disinteressato, servizievole, è l'uomo più gaio e divertente che si possa immaginare. Insomma, quello che si dice un simpaticone. Non bello, no – ecco, poniamo abbia la faccia dell'attore Uberto Palmarini – ma simpaticone. Ed ha...

no, siamo precisi, aveva una mogliettina che pareva creata apposta per lui. Mefistofele l'avrebbe chiamata a far parte del «gajetto sciame femminil»... Vispa, allegra, chiacchierina, sempre pronta agli spassi e ai sollazzi, cavalcatrice, giocatrice di tennis, danzatrice di tango... un amore di donnetta per bene. Il suo nome era Evelina; ma Ferrante la chiamava Eva soltanto, forse in omaggio alla nostra madre primiera e per ricordo del suo costume prima che mangiasse la mela... quella che, sapete, rimase poi in gola al suo consorte, così che tutti noi, appunto, abbiamo in gola il pomo di Adamo... Ma questo non c'entra. Voglio dire che Eva e Ferrante si adoravano. Si adoravano, e mattacchioni com'erano, si divertivano e spendevano. Spendi e spandi, un bel giorno si trovarono in miseria. Il buon Ferrante, fallito, e, per colmo di misura, benché non ci avesse né colpa né peccato, coi carabinieri alle calcagna, che poteva fare? Ditelo voi. Si capisce: prese il treno, scappò via, senza dire «can crepa!» a nessuno, e non se ne seppe più nulla.

Oh, bravo, – mi direte – se è scappato e non se ne seppe più nulla, com'è che oggi ce lo presentate? – Benedetti che siete! È tornato. Sissignori. Dopo tredici anni è tornato... Ma non precipitiamo gli eventi. Abbiate pazienza, un po' di pazienza!

Dunque, Ferrante prese il treno, e buona sera. Potete immaginare come rimase la povera Eva, ridiventata Evelina, senza marito, senza un bajocco, e per di più con un bambino di cinque anni. Aldo, frutto legittimo dei suoi amori coniugali. Ma Dio vede e provvede. E la fa incontrare con l'avv. Lello Carpani che, non vi sfugga, ha un bel nome – Lello – un dolce nome poetico degno di un eroe dell'Aleardi o del Prati, ma che viceversa è il più solenne tipo di galantuomo scocciatore che abbia vissuto sotto la cappa celeste. Lello, forse per pietà dapprima, poi per amore, si prende in casa Evelina col suo bamboccio, e se la tiene come una moglie. La sposerebbe anche, non occorre dire, perché è di una rettitudine massacrante, se del fuggito Ferrante si riuscisse a sapere che è morto, fosse pure ammazzato. Ma non se ne sa nulla, e deve tenersela così, moglie della mano sinistra. Però, pur della mano sinistra, si fa regalare una bimba, che chiama Titti. Titti Carpani. Perché la riconosce, dichiarandola di madre ignota. Brutture e incongruenze della legge. Come se ignota potesse mai essere la madre. Non dico il papà; ma la mamma... Be', tiriamo via, ché anche questo non c'entra. – L'avv. Carpani, ve l'ho detto, è l'opposto di Ferrante Morli. Altrettanto era questi gaio, divertente, acchiappanuvole, simpaticone, è lui metodico, pedante, va rasente il muro, e ragionatore. Ah, ragionatore, e moralista, e rompiscatole, se pur ce n'è uno! Ragionatore per le lunghe, e a ripeter sempre dieci volte le stesse cose, sino all'asfissìa di chi lo deve ascoltare. C'è una cosa lunga solamente – vedi un po' – che non ammette: il nome della sua quasi-moglie: Evelina. Ma, naturalmente, per accorciarlo non è Eva che la potrebbe chiamare; sarebbe contrario alla sua indole. La chiama, dunque, Lina. Ed ecco che Evelina, dopo essere stata Eva, ora è diventata Lina. Ma fosse questo soltanto! Diventando Lina si è mutata completamente. Ora è una donnetta seria, posata, senza grilli pel capo, tutta casa, null'altro che mamma – dei due, si capisce – «pot-au-feu» quanto lo può essere la più saggia, la più modesta, la più bene allevata delle donnine borghesuccie e timorate di Dio. Cosicché in casa Carpani è una vita al lattemiele.

Ma sissignori che a rompere le ova in questo paniere foderato di bambagia torna il nostro Morli simpaticone... (Ve l'avevo detto? Vedete, con un po' di pazienza...) Torna il nostro Morli, un po' sale e pepe nei capelli, ma allegro e spensierato come un tempo, e ricco a milioni. Torna, e un bel mattino si presenta in casa Carpani...

– Per gli dei – vi sento esclamare – che disastro! Chi

sa che va a succedere, adesso! Oh numi, qual situazione drammatica! Se non sarà sangue, sarà un dibattito tremendo e crudele!...

Ma no, ma no, state boni, che nulla succede di grave. Mica siamo in teatro, no! Siam nella vita; filosoficamente e modernamente veduta, sia pure, ma nella vita. E nella vita c'è sempre un problema centrale che un osservatore acuto e pensoso non deve mai perdere di vista. Credete forse che il nostro Ferrante si presenti in casa Carpani per far delle scenate che sarebbero ridicole, o per vantar dei diritti che apparirebbero assurdi, o per lanciar anatemi che si ritorcerebbero contro di lui, o per belare delle implorazioni che muoverebbero a sdegno, o per invocar scuse e perdoni che provocherebbero calci non so dove? Ma niente affatto. Il nostro simpaticone – non dirò mai abbastanza ch'egli è tale – viene soltanto per soddisfare una sua natural curiosità. Gli hanno detto che Eva si è accasata col Carpani, e viene per vedere dove abita, che faccia ha il successore, se Aldo s'è fatto grande, se tutto procede bene, se non c'è bisogno di nulla. Insomma, una visita da amico. E si sforza invano di dirlo e di farlo capire a quell'energumeno dell'avvocato che, a vederselo dinnanzi, lì in casa sua, monta in bestia, e parla, e parla, e parla, e parla, tanto che vien voglia di buttargli sul capo una coperta di lana per turargli la bocca. Ma lui, Ferrante, buono, mite, cortese, conciliante – pasta di zucchero, veramente – cerca di calmarlo e di abbonirlo. No, niente, non è venuto a chieder nulla, né la moglie, né il figlio, niente. Né vuol rompere quel placido connubio, né vuol spegnere quel tepido focolare, né metter pulci nell'orecchio a nessuno. È venuto, così, per vedere. Poi se n'andrà. E buona sera. Ma l'avvocato, duro, e insistente, a dirgliene di crude e di cotte...

Ed ecco Lina. Vede Ferrante e, per lo stupore, sta per svenire. Ma da quella brava massaia ch'è diventata, si rimette e si rinfranca in breve: e comincia a dirne di cotte e di crude anche lei. «Non sono più Eva, sono Lina...» Ma per fortuna sopraggiunge Aldo; che si è fatto un bel giovanottone, e che quando gli dicono di che si tratta, da quel bravo autentico figlio di papà ch'egli è, calmo calmo, queto queto, senza sorprese e senza sussulti, dice: «Oh guarda! Sei mio padre, tu? Sono felice di far la tua conoscenza. E poi che sei tornato, e, credo, conti di rimanere, io pianto casa Carpani e vengo a stare con te.» – (Simpaticone, anche lui. Proprio vero che buon sangue non mente.) – Su di che il nostro Morli se ne va a braccetto del suo bel figliolone, e se ne torna a Firenze – il Carpani sta a Roma – in una magnifica villa con giardino e con altalena; tutta roba ch'egli ha acquistato, altalena compresa, con le nuove ricchezze piovutegli di non si sa dove.

Seguiamoli; e dopo qualche mese vedremo comparir nella villa fiorentina la nostra amica Evelina e, in otto giorni, ridiventarvi più Eva che mai. Come ce l'hanno attirata? Telegrafandole che Aldo, il figliolone, era gravemente ammalato, forse alla vigilia di tirar le cuoia. E Lina, ch'è divenuta l'ottima madre che sappiamo, ha preso il treno. Ma giunta a Firenze ha trovato che Aldo scoppia di salute, e Ferrante suo marito scoppia di beatitudine, e tutte due scoppiano di allegrezza. Gli è così che la cara donnetta lasciò al cancello d'entrata la sua pelle di Lina e riprese quella di Eva. Ma... niente pomo. Per otto giorni, dal mattino a mezzanotte, una vita beata: gite in automobile, cavalcate, festini, in una pazza allegria, tra canti e risate; ma a mezzanotte ella si rimetteva nella pelle di Lina, e dava il catenaccio alla porta della sua camera, con grande scorno per Ferrante, brizzolato sì ma arzillo e intraprendente come un ragazzo di vent'anni. All'ottavo giorno Eva ha deciso di riprendere la pelle di Lina per tutte le ventiquattr'ore, e di ritornarsene a Roma dove l'attendono il suo Lello e la sua Titti. Ferrante ed Aldo, disperati, implorano ch'ella rimanga ancóra qualche giorno. Ma lei, onestamente, rifiuta. E Ferrante, rimasto a quattr'occhi con la sua Eva, la scongiura di protrarre almeno d'un giorno la partenza e, stanotte, di non dare all'uscio il catenaccio. Ma scongiura in vano; e in vano le rammenta certe ore deliziose, certi istanti paradisiaci di or sono tredici anni... No, niente. Certe cosette ella le può fare col suo amante; sarebbe obbrobrioso il farle col marito. E per togliersi a quelle richieste che, da brava Lina, non può ascoltare, nonché ad un certo qual turbamento che da Eva sbarazzina non sa evitare, si lancia sull'altalena. Allegria, allegria! Ferrante di qua, Aldo di là (richiamato dai trilli e dagli squittii), la spingono e risospingono in un ardito altalenare che guai se si spezza una fune: va a fare un capitombolo da spaccarsi la testa. – Che ammirabile famiglia!

L'altalenare è interrotto dal sopraggiungere dell'avv. Armelli, socio di Lello, venuto a richiamar la signora Lina al focolare.. domestico. Perché Titti è malata, malata per davvero, non alla maniera di Aldo, e vuol la sua mamma. Non occorre di più per decidere Lina. Ributta via la pelle di Eva, non fa neppur le valigie, dice appena addio al marito e al figliolone, e scappa insieme con l'Armelli. – Naturalmente, la seguiamo. Vogliamo vedere come l'andrà a finire. Nevvero?

Gesummaria, la va a finire che se si avesse in tasca una rivoltella carica si sparerebbe nella testa di quello scocciatore del sor Lello! – «Ah, ci sei andata volontieri, lassù, nella casa di tuo marito! Tant'è che ci sei rimasta otto giorni. Volontieri! – Sì, volontieri, perché c'era mio figlio. – Ma c'era anche lui, tuo marito. Per questo volontieri ci sei rimasta! – Ma no! – Ma sì– E qui, adesso, ci sei tornata volontieri? – Ma sì! – Ma no! – Volontieri perché c'è tua figlia! – Ma ci sei anche tu! – Ma io non conto! – Ma no!» – E la dura per mezz'ora; sinché Lina, più Lina che mai, sbutta fuori, e fa una predica da Lina che se la sentisse Eva chi sa come riderebbe. Per fortuna arriva Titti, guarita anche lei, e la brava mammina se la prende in collo e la sbaciucchia. E pel momento la calma è ristabilita. La vita riprende, monotona, massacrante; e lassù a Firenze quei due capiscarichi si saranno, speriamo, rassegnati e consolati. Hanno anche l'altalena... Ma che sarà domani, se, Iddio non voglia, in Lina rispuntasse Eva?... Non ci pensiamo, per carità, e andiamo a letto, chè la commedia è finita.

– La commedia?

Sì, signore e signori: questa è la commedia nuova di Luigi Pirandello, *Due in una* (cioè Eva e Lina in Evelina); tre atti. I quali furono molto cordialmente applauditi da una buona metà di quei pochini ch'eravamo in teatro la sera della prima rappresentazione. Pochini davvero, chi sa perché. Non credo per l'elevatezza dei prezzi: ormai i miei buoni milanesi, che son spenderecci, ci hanno fatto il callo alle 76 lire che bisogna spendere per sedersi in poltrona o alle 19.50 che costa sol l'entrare in teatro. E allora Vattelapesca!

I tre atti furono, dicevo, molto cordialmente applauditi; e non credo per merito dell'esecuzione. Il Palmarini (*Ferrante*) e il Ruffini (*Aldo*) furon due mattacchioni un po' funerei, degni d'encomio; ma gli altri! Il Riva ha fatto dello scocciatore avv. Carpani un ossesso addirittura, un indemoniato da camicia di forza. E Marta Abba... ahimè, Marta Abba mi è apparsa una comicarola, che recitava di maniera, ricorrendo persino alla «carettella», come nel terz'atto, per strappare l'applauso. E prometteva tanto, questa giovane attrice, e or son due o tre anni in queste Cronache io le predicevo un magnifico avvenire. Eppure, che ho a dirvi? non dispero ancóra. Tutte le doti sono in lei, le migliori. Ma avrebbe bisogno, giovine com'è, di un repertorio più vasto e più vario: e di qualche commedia – perché no? – in cui ci fosse dell'umanità, e il cuore dell'attrice potesse vibrare, e la passione prorompere, e il suo cervello sentire sentire sentire (e capire) ciò che la bocca dice...

Concludiamo. Sì, concludiamo. Ma come? Non saprei... Ah, ecco. Concludiamo con una considerazione d'ordine pratico. Mi pare che – visto quel ch'è capitato alla signora Evelina Morli – sia da consigliare alle mamme di non dar d'ora innanzi dei nomi composti alle loro nasciture, quali Elisabetta, Maddalena, Marisa, Annalena, Marianna e via dicendo. Perché se il nome può influire sulle sorti di una creatura umana, e se avvien che sdoppiando un nome fatto di due nomi si sdoppi anche la persona e accada ciò che è accaduto ad Evelina, lo vedete, son guai. Quantunque...

Ma sì: quantunque, a ripensarci bene, può nella vita capitare anche di peggio. Mondo birbone!

(Marco Praga, *Cronache teatrali 1926*, Treves, Milano 1927, pp. 105-114.)

INDICE

    v *Introduzione*
xxxiii *Cronologia*
  xli *Catalogo delle opere drammatiche*
lxiii *Bibliografia*

    1 La signora Morli, una e due
  95 All'uscita
109 L'imbecille
131 Cecè

157 *Appendice*

OSCAR TUTTE LE OPERE DI LUIGI PIRANDELLO

Liolà – Così è (se vi pare)

Quando si è qualcuno – La favola del figlio cambiato – I giganti della montagna

Uno, nessuno e centomila

L'esclusa

Berecche e la guerra

I vecchi e i giovani

L'uomo solo

La mosca

La vita nuda

Ma non è una cosa seria – Il giuoco delle parti

L'innesto – La patente – L'uomo, la bestia e la virtù

Diana e la Tuda – Sagra del Signore della nave

La vita che ti diedi – Ciascuno a suo modo

Pensaci, Giacomino! – La ragione degli altri

Questa sera si recita a soggetto – Trovarsi – Bellavita

Il berretto a sonagli – La giara – Il piacere dell'onestà

Vestire gli ignudi – L'altro figlio – L'uomo dal fiore in bocca

La giara

L'umorismo

Il viaggio

Quaderni di Serafino Gubbio operatore

Scialle nero

In silenzio

Una giornata

Candelora

Donna Mimma

La rallegrata

Il turno

Tutto per bene – Come prima, meglio di prima

Tutt'e tre